variation 変奏曲

愁堂れな

幻冬舎ルチル文庫

C O N T E N T S　✦目次✦

variation 変奏曲

✦カバーデザイン＝清水香苗（CoCo.Design）
✦ブックデザイン＝まるか工房

イラスト・水名瀬雅良

variation 変奏曲

1

桐生《きりゅう》が――入院した。

急性虫垂炎から腹膜炎を併発したらしい。七転八倒の苦しみだったとあとから本人に聞いてびっくりしたのだったが、今日の昼間、いきなりS病院の者ですが、と会社に電話がかかってきたときもそれこそ僕はびっくりして、

「なんですって？」

と大きな声を上げてしまった。

『ですから、桐生隆志《たかし》さんが先程救急で運ばれまして、緊急手術をいたしました。このまま当病院に入院することになったのですが、ご家族に入院手続きをお願いしてほしいと申しましたら、あなたの……長瀬《ながせ》さんの、このご連絡先を頂きましてね、それでお電話差し上げた次第なんですが……』

桐生は手術が終わったばかりで電話口には出られないので、代わりにかけているのだ、というその若い女性――担当の看護師だとあとから知ったのだけれど――の言葉に、僕は心底

驚いてしまい、受話器を握り締め、勢い込んで尋ねた。

「あの、手術って……彼、大丈夫なんですか？」

『ええ。手術も無事終わりましたし、今はすっかり落ち着いていらっしゃいます。ただお電話口にはまだ出られないというだけで、大丈夫、お元気ですよ』

『元気』というのもヘンですけどね、と笑う彼女の声に僕は漸《ようや》く安堵《あんど》することができた。そして、保険証やらパジャマやら下着やら洗面道具やら、用意してくるようにと告げられたものをメモにとり、『今日、来られますか？』という問いかけに「すぐ行きます」と答え、病院の名前と場所を確認して電話を切った。

「申し訳ないんですが、友人が入院したそうで」

フレックスで帰りたいんですが、と野島《のじま》課長に申し出ながら、僕はその『友人』が桐生と知ったら課長はどんな顔をするだろうと、ちらとそんなことを考えた。

半年前、桐生が会社を辞めた原因は、勿論《もちろん》今、彼が勤める外資系からの引き抜きがあったからなのだが、直接のきっかけとなった事件——事件、なんだろう、やっぱり——を知っているのは、僕と野島課長、当時の桐生の上司の北村《きたむら》課長と人事部長だけだった。

このフロアの応接室で、桐生がいつものように僕を抱いていたその現場を警備員に踏み込まれ、手首を縛られていたせいで——これも単にいつものことだったのだが——強姦《ごうかん》されていると勘違いされた僕は被害者に、桐生は加害者に思われ、その責任を一人取る形で彼は会社を辞めたのだった。

野島課長はどちらかというと調子のいい、口の軽いタイプなのだが、流石《さすが》にこのことは誰にも言わないでいてくれているようで、おかげで僕は世間の好奇の目に晒《さら》されることもなく、こうして無事に勤め続けていられる。

もし野島課長が、桐生と僕との関係を知ったら——警備員に踏み込まれたときも、別に僕は強姦されていたわけでも何でもなく、数ヶ月来続いていた合意の上の行為だったと知ったとしたら——そして今現在もその関係が続いていることを知ったとしたら、きっと課長の僕を見る目は好意的なものから一転し、蔑《さげす》みや嫌悪に変わってしまうだろう。

「そりゃ大変だなあ」

僕の胸に去来したそんな一瞬の思いになど、勿論課長は気づくわけもなく、それどころか気の毒そうな顔さえして僕の申し出をすぐに了承してくれ、僕は会社を飛び出すと桐生の入院しているという病院へと向かった。

桐生とのことは、いつかは周囲に知れるだろうという覚悟はある。が、実際知られてしまったときのことを思うと、情けないことに僕の身体《からだ》は竦《すく》んだ。桐生のことを好きだという自分の思いを恥じたことはなかったが、野島課長を始め、同期の田中《たなか》や会社の連中に冷たい目で見られることを想像するだけで、どうにもいたたまれない気持ちになってしまう。

自分のそういう性格が僕は本当に嫌だった。桐生のように堂々としていたいと思うのに、実際の僕は人の目を気にして、いつまでも桐生との関係を隠し通せればいいなどと考えてしまっている。

敢《あ》えて人に知らせるようなことでもないよな、と自らに言い訳してしまうことにどうしようもない自己嫌悪の念を抱きながらも、最近外泊しがちの僕に「彼女が出来たのなら紹介してくれよ」と同じ寮の田中が言ってくるのに、「そのうちにね」などと誤魔化《ごまか》し笑いを浮かべて答えるしかない毎日を、僕は送っていたのだった。


タクシーで乗りつけた築地《つきじ》の病院の立派さにまず僕は驚いた。名前は僕でも知っているくらいだから大きな病院なんだろうとは思っていたが、実際目の前にそびえ立つ真新しい綺麗《きれい》な病棟は、いかにも桐生に相応《ふさわ》しいように感じた。

救急で運ばれたと言っていたから別に彼が指定したわけじゃないだろうが、桐生は身につけるものも住居も車も、徹底的に好みを追求し、選択に選択を重ねたようなものだけを自分の周りに配していたからだ。

「難しい男だな」

モノに対して何の拘《こだわ》りも持たない僕がそう呆《あき》れてみせると、桐生は何の拘りもないという

僕のほうが驚きだ、と逆に呆れながらも、

「その俺《おれ》に選ばれたんだ。有り難く思えよ」

などと冗談には聞こえないようなことを言って僕を小突き、レンジの広いお前に選ばれても何の有り難みもないけどな、と意地悪く笑っていたが、期せずして彼が運ばれたこの病院は彼の難しい選択に見事に適《かな》ったのではないだろうか。

そんな馬鹿《ばか》げたことを考えつつ僕は受付で桐生の病室を聞き、まだＩＣＵにいると言われて驚いた。そんなに具合が悪いのか、と顔色を変えた僕に、

「手術が終わったばかりだからですよ。そろそろ病室に移るんじゃないかしら」

受付の若い女性は笑ってそう教えてくれ、僕は彼女に礼を言うと早速ＩＣＵへと向かった。

彼女の言った通り、僕がＩＣＵのある階でエレベーターを降りようとしたところに、丁度桐生を寝かせたベッドが乗り込んできた。

「桐生」

偶然に驚きながらも名前を呼ぶと、桐生も驚いたような顔をして、

「……早いな」

まだ麻酔がきいているんだろう、寝ぼけたような声を出し、僕を見て笑った。

「これから病室に向かいますのでね」

ベッドを引いていた看護師が僕に笑いかけてくれ、僕はそのままエレベーターを降りずに

外科病棟へと向かうことになった。

目を閉じている桐生は、酷《ひど》くやつれているように見えた。

「なんの手術だったんですか？」

看護師に尋ねると、彼女は心持ち声を潜め教えてくれた。

「急性虫垂炎。でも、腹膜炎まで併発してて、このまま放っておいたら大変なことになるところだったんですよ」

「虫垂炎……って、盲腸？」

僕の言い方が軽かったからだろうか、看護師が顔を顰《しか》める。

「盲腸だって甘く見てると大変なことになるんですよ。桐生さんも絶対に体調は悪かったはずなのに、こんなになるまで放っておくから手術も大変になるんです。ほんと、よくよく注意してやってくださいね」

僕に向かってそう口を尖《とが》らせてみせた彼女は、どう見ても僕たちより二つ三つは年下だろう。まだ若い看護師だった。なかなか可愛《かわい》らしい顔立ちをしている。

「すみません」

そんな彼女に僕は桐生にかわって頭を下げ、問いを重ねた。

「そんなに手術、大変だったんですか？」

「三時間もかかったんですよぉ。でも大丈夫、無事終わったそうです。こんなになるまで放っておいて、さぞ痛かっただろうって先生も驚いてましたけどね」

彼女が答えたところでエレベーターが指定階に到着した。

「こちらです」

ベッドを引きながら僕の先に立ち、彼女が案内してくれたのは贅沢《ぜいたく》にも個室だった。この病院の個室といったら相当な金を取られるはずだ。流石桐生だ、と僕が感嘆の溜《た》め息《いき》をつくと、

「他が空いてなかったんだよ」

今まで目を閉じていた桐生が薄目を開けてぼそりと呟《つぶや》き、肩を竦める素振りをしてみせた。

「入院手続きの書類を持ってきますね」

ベッドを整え終えると看護師はそう言って病室を出て行った。バタン、と扉が閉まった途端、桐生が大きく息を吐く。

「大丈夫か？」

大丈夫のわけがないと思いつつ尋ねると、

「大丈夫なわけがない」

桐生は予想通りの答えを返したあと「悪かったな」と僕に向かってやはり寝ぼけたような声で詫《わ》びた。

「全然いいんだけどさ」

僕はそう答えながら、手を伸ばして額に張り付く彼の髪をかきあげてやる。

「院内じゃ携帯も使えないし、ちょっと電話口まで自力では行かれないような状態だったから、看護師にお前の会社に電話してもらったんだが……迷惑かけたな」

喋《しゃべ》るのも辛《つら》そうな口調で桐生はそう言うと、また薄く目を開けて僕を見た。

「迷惑なんかじゃないよ。それより……」

僕は桐生に保険証やら下着やらが何処《どこ》にしまってあるかを尋ねた。桐生がやはり辛そうな口調で答えてくれているところに先程の看護師が戻ってきた。名札を見ると琴浦《ことうら》さんというらしい。

「これ、『入院の手引き』です。保険証、持ってきて頂けましたか？」

そう言われて初めて僕は彼女が電話をかけてきた女性だと気づいた。

「すみません、これから取りに行ってきます」

頭を下げると、明日でもいいですよ、と笑ってくれる。笑顔がまた可愛くて、まさに白衣の天使だなあ、などと僕が思っているのを敏感に察したんだろうか。

「早く行ってこいよ」

桐生が苦しそうな声でそう言い僕を睨《にら》んだのを機に、僕は築地の病院からは車で五分ほどの彼のマンションに、保険証やら下着やらパジャマやらタオルやらを取りに行くことにしたのだった。

桐生のマンションに着いて僕は、いつも整然と片付いている室内が乱雑に物が放られたままになっていることにまず驚いた。本当に忙しかったんだろう、と思いつつ教えられた場所から必要なものを取り出し、パジャマだけは適当なものがなかったのでデパートで買うか、と一度銀座《ぎんざ》に出ることにした。

僕もそうだが、寝るときには桐生は特にパジャマは着ずにTシャツとトランクスで寝ているらしい。僕が泊まるときには二人して全裸のままベッドに入ってしまうから知らなかったけれど——などと考えている自分に一人で赤面しつつパジャマを選び、せっかくあんなに瀟《しょう》洒《しゃ》な病室なんだ、と百貨店の一階に入っている花屋で見舞い用に花束をつくってもらって、僕は再びタクシーを捕まえ病院へと向かった。

三時間という手術時間が長いのか短いのか、いまひとつピンと来なかったが、看護師が『大変だった』というからには本当に大手術だったんだろう。

そんなになるまで自分の身体を放っておかざるを得ないほど、彼は忙しくしていたのか——車の中で僕は、そういえば最近、貰《もら》う電話は全て深夜だったな、とか、いつも疲れているような声をしていたな、とか、今更察するのは遅いと思いつつも、窓の外に流れる風景を眺めながら最近の桐生との電話のやりとりを思い出し、少しも彼の体調の悪さに気づくことのなかった自分を情けなく思った。

一緒に住んでいれば——何度も彼に誘われているように、もし一緒に住んでいたならば、救急車で運ばれるような事態になるまで、彼の病気を放置させはしなかったのではないだろうか。

「……それはないか」

ついぼそりと呟いてしまったのは、桐生が大人しく僕の言うことを聞いて病院になど行かなかっただろうと思ったからなのだが、

「なんですか？」

運転手が振り返ったので僕は慌ててなんでもない、と首を振り、再び車窓へと視線を向けた。

落ち窪《くぼ》んだような目をした桐生のやつれた顔を思うと、僕の胸は酷く痛んだ。どのくらい入院しなければならないのだろう。せめて彼が病院にいる間だけでも、できるだけ時間を作って傍《そば》にいようと殊勝なことを考え、だんだんと近づいてきた病院に付随する高層の建物へと目をやる。桐生の住む築地のマンションを思わせるその高い棟を見ながら、僕は再び彼と暮らすことを考えていた。

僕が、一緒に暮らそうという桐生の誘いに素直に頷《うなず》けないのは、あまりにも立地のいいあ

の部屋に——通勤時間なんて三十分を切るんじゃないだろうか。深夜残業も多い僕にとって、今の通勤一時間を考えると夢のような話だ——住まわせてもらうということが、まるで彼を利用しているように思えてしまうからだった。

桐生にそう言っても、彼は意味がわからない、と眉《まゆ》を顰《ひそ》め、

「自分が『利用してない』と思えばそれは利用してることにならないだろうし、別に俺は、お前が俺を利用してるのだとしても何も感じるところはないぜ？」

そう言ってくれるのだが、確かに正論だと思われるその言葉を前にしても、僕はどうしても「それなら一緒に暮らす」と言うことができないでいた。

きっと——僕は怖いのだ。いつか、桐生の気持ちが僕から離れてしまうことが。

自分が携わる全ての対象に選択の目を光らせる彼に、何故《なぜ》自分が選ばれたのか、僕にはその理由がさっぱりわからなかった。何ごとにも執着を覚えたことがないと豪語する彼に、『初めて自分が執着を覚えたのはお前だ』と言われたとき、僕はそれこそ死ぬほど驚いた。

はじめは無理やり結ばされた肉体関係だったけれど、嫌だと思いながらも僕が桐生から離れられなかったのは、きっと僕の中にも彼に惹《ひ》かれる思いがあったからなのだろう。だが桐生が僕に対して何らかの感情を抱いているということなど僕は当時から想像すらしたことがなかったし、今でも信じられないという思いを捨てきることができなかった。

二人でいるときの桐生は優しい。強引に身体を開かせることはまだあるけれど、彼に求め

られることに身体の辛さを忘れるほどの悦《よろこ》びを最近の僕は感じていた。

とはいえ月に一、二回だった彼の部屋への訪問がやがて週に一度になり、次第に入り浸るようになってしまったのは、別に彼と身体を合わせたいからという理由だけではない。

何かあると僕はすぐに彼の顔が見たくなった。会えば結局最後は必ず抱き合ってしまうのだけれど、彼の声を聞き、人を見下しているようでいて実は優しさの溢《あふ》れている瞳《ひとみ》を見るだけでも僕は満足だった。

忙しい中、頻繁にかけてくれる深夜の電話が嬉《うれ》しかった。僕と話すことが気晴らしにでもなればいいと思いながら、僕にとっては『気晴らし』以上の効果をあげている彼からの電話を実は僕は楽しみにしていたのだが、負担になると悪いと思って自分からかける勇気をまだ持てずにいた。

電話だけじゃない。僕は常に――彼の前では勇気が出なかった。

桐生が自分に飽きる日がくるのが怖かった。少しでもその日を先延ばしにしたいと思い、その日の為《ため》にあまり彼に深入りするのはやめようなどと馬鹿げたことを真剣に考え、眠れなくなる日もあった。

常にそんな思いを胸に抱きながら彼と対面しているわけでは勿論ないのだが、何かの拍子にふと、僕はそれこそ桐生に『選ばれる』ような人間じゃないと嫌でも気づかされてしまう。優れた容姿と体軀《たいく》と才能と――かつて同じ会社にいたことはあるにせよ、僕とはまるで格の違う彼と肩を並べて歩いているときになど、傍らの彼と自分を比較しそんな思いにどうしても僕は捕らわれてしまうのだった。

僕が考えても詮《せん》のないことを考え、落ち込みそうにすらなっている間にタクシーは病院のエントランスに到着した。金を払い、両手に荷物を抱えて、既に終了した受付の前を通り、外科病棟へと向かう。

エレベーターに乗り込みながら僕は、花を買ったはいいが何に生ければいいんだ、と今更のことを考え、手の中の花束を見やった。看護師さんに花瓶を借りるか、とエレベーターを降りた所にあるナースステーションの中を覗《のぞ》き込む。

「あ、ご苦労さまです」

僕を目ざとくみつけ、先程の琴浦という看護師が走り寄ってきた。

「保険証持って来ました」

僕は荷物を床へと降ろし、内ポケットから桐生の保険証を取り出して彼女に渡した。

「有難うございます。ちょっとお預かりしますね」

にっこり笑って踵《きびす》を返そうとする彼女に、

「あの……すみません」

僕はおずおずと、花瓶を借りられないだろうか、と聞いてみた。彼女は僕の手の中の花束を見て「ご自分で買っていらしたのに」と笑ったが、気持ちよくナースステーションにある花瓶を貸してくれただけでなく、「生けちゃっていいですか？」と親切にも申し出てくれた。

「すみません」

恐縮しつつも僕は彼女の好意に甘え、彼女が花を生けてくれるために洗面所へと向かう、そのあとについていった。

「そうそう、桐生さんってご家族はいらっしゃらないんですか？」

丈《たけ》が少し長かったので、花鋏《はなばさみ》まで持ってきて花を生けてくれながら、彼女がそう尋ねてきた。

「彼の両親は今、オーストラリアに住んでいるそうですよ」

正確には彼の父と若い後妻らしい。桐生の母親は彼がまだ幼い頃に亡くなって顔も覚えていないという話を以前聞いたことがあった。

バブル期に財を成したという桐生の父は老後は海外に移住すると当時から決めていたそうで、桐生が大学に入った途端に再婚し、以降は年に一度会うか会わないかという状態らしかった。といっても別に生《な》さぬ仲のその新しい母親と桐生の折り合いが悪いというわけではないらしい。

「まあ、年が十も離れてないからな」

そう苦笑した彼の顔には少しの翳《かげ》りもなかった。実際会うことは滅多にないそうだが、メールのやり取りは結構頻繁にしているそうだ。

夏休みに一緒に向こうに遊びに行かないか、と誘ってもらったこともあったので――そのとき桐生はにやりと笑って「別に親に紹介したいからじゃないぜ」などとくだらないことを言っていたが――両親との関係は良好だと言っていいのだろうが、流石に今回は間に合わず、僕が呼ばれることになったんだろう。

「へえ、オーストラリアですか。凄《すご》いですねえ」

花を生けながら琴浦さんは羨《うらや》ましそうな声を出した。なかなか話しやすい子だ。

「本当に羨ましいよねえ」

僕は相槌《あいづち》を打ったあと、今度は彼女に桐生が運ばれたときの様子を尋ねてみた。

「ずっと腹痛はあったのに、今はどうしても休めないってバファリン飲んで痛みを堪《こら》えていたらしいんですよぉ。今時あんなモーレツ社員なんていないって、もう医局中の噂《うわさ》ですよ」

看護師だけに身体を労《いたわ》らない患者には腹が立つのか、琴浦さんは口を尖らせると、

「救急車の中で、ずっと部下に指示与えてたんですって。意識失うくらい痛がってたくせに、すごい執念ですよねえ」

真面目な顔をしてそう続けるものだから、僕はその情景を想像し思わず吹き出してしまっ

た。

「笑い事じゃないですよ」

琴浦さんは益々《ますます》怒ってみせたが、あまりにも桐生らしい行動につい腹を抱えて笑ってしまう。つられたように琴浦さんも笑い出して、僕たちはそのまま和気藹々《わきあいあい》と話しながら、桐生の病室へと向かった。

「あ、桐生さん、目がさめました？」

明るい声で琴浦さんが声をかけたベッドの方を見ると、麻酔も醒《さ》めてきたのか、いつものふてぶてしい表情を浮かべた桐生が、僕たちに向かって片手を上げてみせた。

「入院手続きしてきたから。色々持ってきた。あ、それから、それ……」

僕は琴浦さんが窓の傍の台へとおいてくれた花瓶を目で示すと、

「僕からお見舞い」

そう言い、彼女に感謝の意をこめて会釈した。

「そりゃどうも」

そっけない桐生の答えはいつものことだから僕は気にもしなかったけれど、何故か琴浦さんはかちんときたようで――もともと身体を大事にしない彼の印象は悪いらしい――桐生を軽く睨んだ。

「わざわざ持ってきてくださったのに」

「有難う」

逆らうのも馬鹿馬鹿しいといった感じで桐生が馬鹿丁寧に僕に向かって頭を下げる。機嫌が悪いな、と察した僕は、花瓶を借りた礼を彼に言わせるのを諦《あきら》め話を逸《そ》らした。

「……仕事、大変だったんだって？」

「まあね」

桐生はまたもそっけなく答えたあと、僕に向かってにやりと笑ってみせた。

「入院前に区切りをつけてきたからな。あと二週間は休めるはずだ」

「……お前なあ」

先程の琴浦さんの話といい、桐生は一体どういう頭と身体の構造をしているんだろう。鉄人というか仕事馬鹿というか——僕が呆れて言葉を失っている後ろを、やはり呆れた顔をした琴浦さんが通り過ぎ、嫌味っぽく言いながら病室を出て行った。

「安静にしていてくださいよ」

「安静にせざるを得ないじゃないか。病室じゃあモバイルどころか携帯も使えないんだからな」

「……まあ神様がくれた『お休み』だと思って、ね」

肩を竦める桐生を慰めようと僕はそう言うと、病室に備え付けの棚へと向かい、

「これ、下着と寝巻き。あと洗面器と……」

桐生の家から持ってきたものを次々と仕舞い始めた。

忙しかったのはわかる。が、そうまでして働く気力が僕にはない。この辺が自分と桐生の出来の違いなのだろう、と思いながら僕が黙々と手を動かしていると、

「長瀬」

静かな声で桐生に名を呼ばれた。

「なに？」

振り返った僕に向かい、桐生が無言で頷いてみせる。

「なに？」

彼へと近づいてゆくと、桐生は毛布の下から出した手を僕の方に伸ばしてきた。

「ありがとな」

「……礼なんて言うなよ」

答えながらその手を握ろうとすると、桐生は人差し指を立てて僕を招くような素振りをしてみせた。そのまま僕は桐生の方へと屈《かが》み込み、彼が目を閉じたその顔に顔を寄せ、唇を軽く重ねた。

と、桐生は布団の下からもう片方の手を出してきて、意外に強い力で僕の頭を引き寄せた。彼の調子を考え、軽いキスですまそうと思っていた僕を押さえ込むようにしながら、いきなり舌を僕の舌へと絡めてくる。

「……っ」

駄目だよ、と首を振ろうとしたとき、

「検温です」

扉を開けて先程の看護師が——琴浦さんが入って来たので、それこそ僕は慌てて彼の上から退こうとした。が、桐生は全く構うことなく、僕の頭の後ろを押さえる手を緩めずに、尚《なお》も舌を絡めてくる。

「きゃっ」

ガシャン、という音が部屋に響いたのは、彼女が持っていたトレイを落としたかららしい。が、僕は彼に唇を塞《ふさ》がれ、彼女を振り返ることすらできなかった。パタパタと慌てたような足音が部屋を駆け出してゆくと、漸く桐生は僕の頭から手を離し、閉じていた目を開け僕を見上げてにやりと笑った。

「……あのなあ」

唇を離しながら僕は小さく溜め息をつく。これから彼女と——担当看護師の琴浦さんと顔を合わせるたびに気まずい思いをするのかと思うと、本気で頭を抱えたくなった。

「自業自得だろう」

なにが自業自得なんだか、桐生は片眉を上げて僕に囁《ささや》くと、首を持ち上げ彼の方から唇を重ねてきた。

「……ほんと、お前はタフだよな」

呆れたように見下ろす僕に、

「体力だけが取り柄でね」

桐生は嫌みにしか聞こえないようなことを言い、再びにやりと笑うと尚も嫌みなことを言い出した。

「看護師と見れば口説くお前ほどタフじゃないけどな」

「何を言ってるんだか」

もしかして彼は妬《や》いていたのかと思うとなんだか可笑《おか》しくて、僕は彼の唇に掠《かす》めるようなキスを落とすと、また荷物を引き出しへと仕舞い始めた。

「……本当に、久々にのんびりできるな」

すっかり普段の口調に戻った桐生が僕の後ろで笑っている。

「鬼の霍乱《かくらん》……まさか桐生が盲腸に倒れるとは思わなかったよ」

すっかり荷物を引き出しへと収めきると僕は彼を振り返り、そうだ、とあのことを思いついて思わずにやりと笑ってしまった。

「なんだよ」

桐生がそんな僕の顔を見て不審そうに眉を顰める。

「……あのさ、やっぱり剃《そ》られた？」

盲腸の手術といえば『剃毛《ていもう》』――つるりとした彼の下肢を想像し、意地悪な笑いを浮かべてしまう。

「ああ、すっかり剃られた。綺麗なもんだ。触ってみるか？」

桐生がそう言って布団から手を出し、僕の手首を摑《つか》む。

「いいよ」

慌てて手を引くと、桐生は可笑しそうに声を上げて笑った。しまった、彼の方が一枚上手《うわて》だったかと僕が舌打ちしている傍から、

「いてて」

桐生は顔を顰め、布団の中で身体を捩《よじ》る。笑いの震動が傷に障ったんだろう。

「大丈夫か？」

心配して尋ねると、桐生は痛みに顔を顰めながらも大丈夫、というように二、三度頷いてみせたあと、またも意味深な笑いを浮かべて僕を見た。

「……なに？」

首を傾《かし》げた僕に、

「当分チクチクするかもな」

桐生が手を伸ばして僕の下肢の辺りを撫《な》でてくる。

「……馬鹿」

僕はその手を払いのけながら、何を考えているんだか、と溜め息をついて彼を睨んだ。

タフなのにもほどがある。もう下半身のことを考えていることに呆れた視線を向けた僕を、桐生が再びにやりといやらしげな笑みを浮かべ、見返した。

「お前のも剃ってみたいな」

「馬鹿じゃないか」

視線を僕の下半身へと向けた彼に益々呆れた声を上げはしたが、まさか本気でやるつもりじゃあないだろうな、という心配がこみ上げてきたのは相手が桐生だからだ。

「冗談だ」

笑う顔がまたわざとらしくも嘘《うそ》くさくて、僕はすっかり腰が引けた気持ちで彼を見下ろしながらも、あまりにも回復力のめざましい彼に、心の中で安堵の息を漏らしたのだった。

2

桐生の入院期間は二週間とのことだった。丁度船積みもなく、決算もあけたところで殺人的な忙しさからは解放されていた僕は、できるだけ毎日桐生の病室を見舞いに訪れるようにしていた。

夜、接待が入って無理そうなときには昼間の外出の途中に顔を出したりもしたが、そういうときに僕は桐生の部下と顔を合わせることがあった。僕よりも十歳は年上に見える男が桐生の前で神妙な顔をして彼に指示を仰いでいる様子を見るにつけ――そして入院翌日に彼の会社のCEOから届いた豪華な花束の差し入れなどを見るにつけ、自分との格差をあらためて見せ付けられるような気がして、僕は今更のように彼への近寄りがたさを感じていた。

手術から一週間経《た》った今日、仕事を終えて時計を見ると丁度面会終了時間の八時ぎりぎりに病院へと滑り込めそうな時間だった。昨日時間がとれずに見舞いに行かれなかったことを、何となく気にしてしまっていたこともあり、せめて洗濯物くらいは取りにいこうかと僕は会社の前でタクシーを捕まえ、病院へと向かった。

毎日来る必要はない、と桐生には言われていたし、術後の経過もよく、医師や看護師が目を見張るほどに彼の回復力は素晴らしいとのことだったから、何も心配する必要はないようなものなのだが、それでも僕は彼の様子を一日に一回は覗かないとなんとなく安心できないような気がしていた。

回復が早いのをいいことに、桐生は昼間、あの快適な個室に仕事を持ち込んでいるらしい。いくら注意してもやめないのだと看護師の琴浦さんは僕によくこぼしていた。

桐生とのキスを見られた直後は、顔を合わせてもひきつったような笑顔を見せてそそくさと僕の前から立ち去ってしまっていた彼女とも、毎日病院に見舞いに行くうちになんとなくまた打ち解けて、僕に桐生の昼間の様子や回復具合を愚痴を交えながら教えてくれるようになっていた。

彼女が言うには、毎日入れ代わり立ち代わりに会社の人らしき男たちが桐生の病室を訪れ、五分から十分ほど打ち合わせたあと帰っていくらしい。

「桐生さんよりずっと年上に見えるのに、みんなやたらとぺこぺこしてるんですよぉ。私たちにまで『心づけ』をくれようとするしね。もしかして桐生さんって、あの若さで相当偉い人なんですか？」

僕に尋ねてくる彼女に、

「僕もよく知らないんだけどね」

当たり障りのない答えを返しながらも、益々彼への近寄り難さを再認識させられ、僕は何となく一人溜め息をついてしまうのだった。

そんなことをつらつらと考えながら訪れた彼の病室には、先客がいた。昼間来たときに一度顔をあわせたことのある桐生の部下らしい男が、半身を起こした彼のベッドの傍らに立ち、桐生に何か書類を渡していた。僕が病室に入ってきたのに気づいたのはその男のほうが先で、微笑《ほほえ》みながら会釈をしてきた彼に、僕も「こんばんは」と頭を下げた。

「遅い」

桐生が書類から顔も上げずに不機嫌そうな声を出す。

「……悪かったよ」

多分彼は、昨日僕が顔を出さなかったことを怒っているのだろう。毎日来なくてもいいと言ったのは自分じゃないか、と僕は思いつつも病人は労ってやらないとな、と大人の余裕をみせて一応そう謝ってやった。

桐生が自分の傍らに立つ男に向かって無言で右手を出す。と、心得たように男が内ポケットからペンを出し、キャップを抜いて桐生に渡した。

「訂正なし。さすがですね。これで宜《よろ》しくお願いします」

桐生は男の顔を見上げてにっと笑ったあと「ありがとうございます」と頭を下げた男に軽く頷き、書面に視線を戻してさらさらと何かを書いて——多分サインをしたんだろう——書類とペンを男に戻した。

「遅くに申し訳ありませんでした」

男はそれを受け取ると、桐生と、そして何故か僕に向かってまた頭を下げた。

「いや、こちらこそ申し訳ない。助かりました」

桐生が彼にしては丁寧な態度で男に礼を言うと、男は「何を仰《おっしゃ》いますやら」と笑って書類を鞄《かばん》に仕舞った。

「それではこれで。また明日、結果をご報告にあがります」

男は再度桐生に向かって頭を下げ、僕に会釈をしてそのまま病室を出て行った。

「……誰？」

バタン、とドアが閉まったあと、僕が桐生を振り返って尋ねると、

「滝来《たきらい》さん。今、最も信頼できる部下だ」

桐生はその「滝来さん」に対する態度とはうってかわった不機嫌な口調でそう答え、僕に向かって来い、というように顎《あご》をしゃくってみせた。

「……昨日はごめん」

彼の方へと近づいてゆき、広げられた両手の間に身体を滑り込ませる。

「謝るなよ」

ぼそりと言いながら桐生は僕の背中を抱き締めると、僕が重ねていった唇に貪《むさぼ》るようなくちづけを与えはじめた。

彼の舌が僕の口内を暴れ回り、傷を考えて体重をかけまいとしている僕の気持ちなど知らぬようにますます強く背中を抱き寄せようとする。そろそろ見舞いの時間も終わる頃だ。また看護師が見回りに来るんじゃないだろうかと僕は気が気じゃなくてそんな彼の腕の中から逃れようと身体を起こした。と、彼は片手を背中から腰のほうへと下ろしてくると、そのままその手を前へと滑らせ、両脚の間を割ってきた。

「……駄目だよ」

漸く唇を離して僕がそう囁く頃には彼の手は服越しに僕自身を摑んでいた。キスだけなのにそこは既に硬くなりつつあって、それを悟られたことがまた恥ずかしくも尚更に僕を昂《たか》めてゆく。

「……駄目には思えないけどな」

言いながら桐生はもう片方の手で、彼の肩へと乗せていた僕の右手を取ると、それを自分の下肢へと導いた。手に触れる彼自身も驚くほどに熱く硬くなっていて、僕は思わず桐生を見やり、僕たちは互いに目を見交わし笑い合った。

「……傷は……っ」

大丈夫なのか、と尋ねようとした僕が言葉を呑《の》んだのは、桐生の手がスラックスのファスナーを下ろし、僕自身を直《じか》に摑んだからだ。彼はそのままファスナーの間からそれを取り出すと、やんわりと扱《しご》きはじめた。つられたように僕も布団の下で彼のパジャマの中へと手を忍ばせ、彼自身を直に摑んだ。

「……痛くないのか？」

傷口を覆うガーゼの感触を手の先に感じたので尋ねると、

「少しな」

桐生は笑って、目で僕にキスを求めてきた。唇を重ねながら、僕たちは互いのそれをゆっくりと扱き合い続ける。と、桐生が布団の上から僕の手を押さえるような素振りをした。なに、と目を開け、彼の顔を見下ろすと、

「こんなところじゃ出せない」

桐生は苦笑し、枕元《まくらもと》のティッシュをとろうとした。

「いいよ」

僕は彼の手を摑むと、なに、と眉を顰めた彼から目を逸らすようにして布団を捲《まく》り、パジャマの下へと手をかけた。

「なんだよ」

問いかけてくる彼の声を頭の上で聞きながら、僕はパジャマの下をトランクスごと下ろすと、勃《た》っていたそれに手を添え口へと含んだ。

「……っ」

桐生が息を呑んだのがわかった。僕は彼の下肢に顔を伏せたまま、唇と舌で彼を舐《ねぶ》ってい

った。竿《さお》の部分を唇に力を込めゆっくりと喉《のど》の奥まで飲み込むようにしたあと再び口から出し、先端を舌で攻める。口淫《こういん》は余り得意ではないのだが、いつも桐生がしてくれる通りに僕は舌を強く絡ませ、口が痛くなるほどに丹念にそれをしゃぶり続けた。

次第に彼の息が上がってくる。その押し殺したような息の音を聞くだけで、酷く自身も興奮してくるのを抑えることができなくなった。シーツに己を押し付けるようにしてその興奮に耐えながら、更に手と口を動かし続けると、やがて桐生は、

「う」

低い声を漏らし、僕の口の中で達した。口の中に彼の精が一気に広がってゆくのを、僕は息苦しさを堪え、必死で飲み下した。

「おい……」

驚いたような、掠れた声が頭の上から聞こえてくる。僕は丹念にその先端から流れ出続ける白濁の液を舐《な》め取り、まだ手の中でびくびくと震えている彼自身を愛《いと》しさをこめて両手にそっと握り込んだ。

「……よく飲んだな」

桐生が僕の頭の後ろに手をやり、顔を上げさせる。口を開こうとして彼を離した僕は、桐生が僕の身体を引き寄せくちづけようとするのに思わず顔を背けた。彼がいつも僕に対してみせる気遣いを思い出したからだ。

「味わわせてくれよ」

くす、と笑いながら桐生は強引に僕に唇を重ねてきた。舌を絡め合いながら、彼の手が再び僕の下肢へとのび、既に勃ちきって先端から先走りの液まで零《こぼ》しつつあるそれを握りしめる。

「……出る……」

僕は強引に身体を引くとベッドの傍らに立ち、潤《うる》んだ目で僕を見る桐生の顔を見返した。

「出せよ」

桐生はそう言って、僕のほうに枕元のティッシュの箱を投げて寄越す。

「馬鹿」

僕は再びそれを彼に向かって投げ返すと、部屋のトイレに駆け込んだ。個室ゆえ、部屋にはトイレと風呂がついているのだ。手早く済ませて、手と口を漱《すす》ごうと向かった洗面台の、鏡に映る自分の顔がやけに紅潮しているのが恥ずかしかった。

抜いてやろうと思ったわけじゃない。単に僕は——彼が欲しかった。

毎日のように顔を合わせてはいるのに触れ合うことが出来ないことに、自分でも気づかぬうちに苛《いら》立《だ》ちを感じていたのかもしれない。熱い彼自身を手の中に感じたとき、どうしても彼が欲しくなってしまった。

自分で自分のしたことがなんだか信じられなかった。驚いたような彼の声が蘇《よみがえ》り、今更とは思いつつ僕はどんな顔をして桐生と対面すればいいんだ、とますます頭に血が上るのを感じたが、いつまでもトイレにいるわけにはいかないと、仕方なく彼の元へと戻ることにした。

「洗濯物、持って帰るね」

できるだけ目を合わせないようにしながら、僕はベッドの傍には寄らずに、戸棚のほうへと足を進め、いつものように看護師が置いておいてくれた洗濯物を、棚の下から取り出し袋に詰め始めた。

「なんだ、もう帰るのか」

桐生が後ろから声をかけてくる。顔を見なくても彼が笑っているのがわかる上機嫌な声だ。

「面会時間、随分過ぎてるからね」

僕は相変わらず俯《うつむ》いたままで答え、漸く顔を上げて彼のほうを振り返った。

「長瀬」

桐生が僕を見て、来いよ、というようにまた顎をしゃくってみせる。

「なに？」

羞恥《しゅうち》を抑えつつ僕は再び彼のベッドへと歩み寄った。

「無理するなよ」

桐生が唇の端を上げ、シニカルな笑いを浮かべて僕を見る。が、その瞳に少しも皮肉めいた色はなく、優しさだけが溢れていることに気づいた僕は、慌てて彼の腕を掴んだ。

「無理なんてしてないよ。僕はただ……」

「ただ？」

桐生が僕を見上げ尋ねる。

「僕がしたかったんだ……無理なんてしてない、僕がしたかっただけなんだ」

ぼそりとそう答えた途端、桐生の顔に、にやりとそれは意地悪な笑みが浮かんだ。

「……『無理して毎日来なくてもいい』って意味だったんだけどな？」

「なっ……」

彼のそれこそ意地の悪い指摘に、僕は言葉に詰まって何も言えなくなってしまった。かあっと頭に血が一気に上るのがわかる。

「冗談だって」

くす、と笑うと桐生は固まっている僕の身体を抱き寄せ、軽く唇を合わせてきた。

「……ぼ、僕は『毎日来たい』と思って来てるんだからな」

今更の言い訳が自分でもあまりに嘘くさい。

「無理するなって」

桐生が益々嬉しそうに笑い再び僕にキスしようとしたとき、扉をノックする音が室内に響き、ドアの向こうから「検温ですよ」という琴浦さんの声がした。

あれ以来、僕が来ているときには必ずノックをするようになった彼女の声に益々僕は顔を赤らめ、桐生の手を擦り抜けてベッドを降りた。

「それじゃ、また明日」

「ああ、また明日」

くっくっとそれは楽しげに笑う桐生を軽く睨み、ドアへと向かう。

「……面会時間は八時までですよ」

こそ、と囁く琴浦さんに、

「すみません」

僕は頭を下げると、駆け出すくらいの勢いで桐生の病室をあとにした。

火照《ほて》る頬《ほお》の熱さを持て余しながら病院の入り口を出たところで、いきなりクラクションを鳴らされた。え、と驚いて振り返ると、どうみても高そうなドイツ車のヘッドライトが僕を後ろから照らしている。

「お送りしましょう」

運転席の窓から顔を出して僕に笑いかけてきたのは、さっき病室で別れたばかりの桐生の部下――滝来氏だった。

どうして彼が、と僕はそれこそ驚いてしまい眩《まぶ》しさに眉を顰めながら彼を見返した。

「あの？」

「そろそろ面会時間も終わりかな、とお待ちしていたんです。さあ、どうぞ」

滝来氏はにこやかに微笑むと、僕の傍らに車をつけ、僕に乗るよう促した。

「待ち伏せしたなんて思わないで下さいね」

僕が助手席に乗り込むと、滝来氏はそう笑い、車を発進させた。

「そんな……」

勢いで乗ってしまったものの僕は恐縮し、ちらと傍らの彼の顔を見やる。

端正な顔だった。僕たちより十歳は上だろうか、いかにも頭が切れそうな彼の容貌《ようぼう》に少しも嫌味が感じられないのは、その白皙《はくせき》の顔に知性と共にいかにも育ちがよさそうな品位が溢れている為だろう。

うちの会社でいえば課長——いや、次長クラスの彼が桐生の部下なのか、と考えていた僕に、滝来氏は微笑みながら視線を向けてきた。

「私の顔に何かついていますか？」

「いえ、すみません、つい……」

慌てる僕に、滝来氏は、あははと明るく笑うと、またも僕を戸惑わせることを言い出した。

「いや、お気持ちはわかります。あまりにも怪しいですからね」

「いや、そんな……」

どうリアクションしたらいいんだ、と口ごもる僕を滝来氏は一瞥《いちべつ》すると、再び前方へと視線を向け、言葉を続けた。

「自己紹介しましょう。滝来洋二《ようじ》と申します。桐生さんが弊社にいらしたときからサポートさせて頂いておりまして、今は彼の下で部長職に就いてます」

滝来氏は——桐生の部下にして部長職であるという彼は、そう言うと僕に向かって軽く頭を下げて寄越した。

「はあ……」

僕は会釈を返しながら、桐生が彼を称して『今、最も信頼できる部下だ』と言っていたことを思い出していた。

桐生が今の会社に移って以来、彼を支え続けてきた男というわけか。どうしても年功序列の気風が抜けきらない日本企業に勤める僕としては、この如何《いか》にも仕事が出来そうな上に人間的にも熟成しているように見える、しかも桐生より十歳は年上であろう滝来氏が彼の『部下』だということに戸惑いを覚えずにはいられなかった。

それゆえつい沈黙してしまったのだが、彼がちらと僕を見たのに、今度は僕が自己紹介をする番かと——滝来氏が僕が誰かを知りたがっているのだと察し、慌てて、

「すみません、僕は……」

自分の名と、桐生の昔の同僚だということを告げた。

「長瀬秀一《しゅういち》さん」

僕の名を反芻《はんすう》しながら、滝来氏は僕のほうをまたちらと見て「このような言い方をして、

お気に障られたら申し訳ないんですが」と微笑んだあと、運転中ゆえまた前方へと視線を戻しこう告げた。

「正直、意外でしたね」

「意外？」

僕のようなつまらない人間が桐生の友人だということが意外だと言いたいのだろうか。確かにその通りだからそう思われても仕方がないことなのかもしれないのだけれど、と僕が俯いた気配を察してか、滝来氏は、

「いや、そういう意味じゃないですよ」

慌ててフォローするように大きく手を振りながら――ハンドルは離さないでいて欲しいと僕の方が慌ててしまった――言葉を続けた。

「『意外』というのは、桐生さんに心を許せる友人がいるということが意外だと申し上げただけで、あなたがどうこうという意味ではないですよ」

「……すみません」

気を遣わせたことを詫びる僕に、滝来氏は「本当に、お気を悪くされたら申し訳ありません」と再び頭を下げると、嫌みの少しも感じられない口調で話を続けた。

「今回の入院に際し、社から救急で運ばれたこともあり、私もいろいろと入院の準備を考えていたのでしたが、桐生さんから『一切気遣い無用』と言われましてね、それでてっきり、

ああ、少しも女性の影は見せなかったけれど、やはりあれだけの方ですから世話を焼きたがる女性には不自由しないのだろうと考えていましたところ、実際桐生さんが頼りにされたのはお友達のあなただった、それが意外と申し上げているだけで、他意は本当にないんですよ」

「……はあ」

にっこりと微笑みかけてくる彼に、なんと答えてよいのかわからず、ただそう相槌を打つしかなかった僕に向かい、滝来氏は微笑みを崩さぬままに語り続けた。

「桐生さんには、何というか、カリスマ性がありますからね。そのうちアメリカの本社に呼び寄せられ、vice president になる日も近いでしょう。それだけCEOにも信頼されていますしね。はじめて我が社に来た彼を見たときから『これは』と思ってはいましたが、これほど短期間のうちに上り詰めるとは思わなかった。かくいう私も転職組なんですがね、桐生さんなんかを見ていると自分との格の違いを思い知らされるというかなんというか――」

そこまで言うと滝来氏は苦笑し、またも僕をちらと見た。

「その桐生さんが頼りきる友人というのはどんな方なんだろう――以前、お顔を拝見したときからずっと気になっていて、今日この好機を逃すまじ、と待ち伏せめいたことまでしてしまったんですが」

「はい？」

何か言いたげな様子に、なんだ、と思い問いかけた僕に、彼はまたにっこりと愛想のいい笑みを浮かべたあと、意味深なことを言い出した。

「わかるような気がしますね」

「はい？」

なにが『わかる』と言うのだろう。僕がまたも戸惑い問いかけようとしたときに、不意に滝来氏は車を停めた。

「こちらで宜しかったでしょうか？」

気付けば車は桐生のマンションのエントランスに横付けされていた。僕は驚いて外を見たあと、滝来氏に視線を戻した。

「あの……」

思わず眉を顰め、問い返してしまったのは、確かに僕は桐生に入院中の留守番を頼まれ、この一週間というもの彼の築地のマンションで寝泊まりしていたのだったが、何も言う前からそれを察していたらしい滝来氏に戸惑いを覚えてしまったからである。

「……またお会いしましょう」

にっこりと華麗ともいうべき笑みを浮かべ滝来氏は腕を伸ばすと、僕の為に助手席のドアを開けてくれた。

「……ありがとうございました」

降りてくださいということだろうと僕は察し、滝来氏に頭を下げると桐生の洗濯物を持って車を降りた。

「それじゃ、また」

滝来氏が運転席で片手を上げ、車を発進させる。僕は呆然《ぼうぜん》とその高級車の尾灯が晴海通《はるみどお》りに消えるのを見つめていたが、いつまでも立ち尽くしてるのもなんだと、我に返って慌ててエントランスをくぐった。

『わかるような気がしますね』

滝来氏には、一体何がわかったというのだろう。

僕は少なからずショックだった。桐生がそのうちにアメリカの本社に呼ばれるだろうということも、自分たちよりも十歳は年長と思われる、仕事の出来そうな部下を持っているということも、何もかもが――『少なからず』なんてものじゃない。僕には酷くショックだったのだ。

滝来氏が『わかった』と言ったのは、僕が桐生の友人には少しも相応しくなどないということだろう。桐生だってどう考えているかわかったものじゃない――洗濯機に洗濯物を入れながら僕は、大きく溜め息をついていた。

アメリカに行くなどという話は聞いたことがなかった。彼にとって僕は、一体どういう存在なんだろうか。

アメリカに行くまでの退屈凌《しの》ぎか——そう考えた途端、僕の胸は自分でも驚くほどに酷く痛んだ。わかっていた筈《はず》なのに——僕は桐生に相応しくなどないということは、自分でも嫌になるほどわかっている筈であるのに、改めてそういう事実に直面するとこんなにも辛く感じてしまうのは、なんと馬鹿馬鹿しいことだろう。

「仕方ないじゃないか」

ぼそり、とつぶやいた自分の言葉に、思わず涙が零れそうになった。馬鹿だ。本当に僕は馬鹿だ、と己を叱咤《しった》しながら僕は全自動の洗濯機に洗濯物を放り込むと、そのまま服も着替えず桐生のベッドへ潜り込んだ。

布団を頭の上まで引っ張り上げると僕は、自分を包む全ての状況を忘れようと、ベッドに残る桐生の匂《にお》いを必死になって追い求め、胸いっぱいに息を吸い込む。だが彼の薄れてきた匂いは逆に彼の不在を改めて思い起こさせ、僕をそれまでの倍くらいに落ち込ませてくれたのだった。

3

「なんだ、風邪でもひいたのか？」

翌朝、駅の改札を出たところで偶然会った田中にそう声をかけられた。

「いや？」

「ならいいんだけどな」

なぜそんなことを尋ねるのだろうと彼を見返した僕と肩を並べて歩きながら、それでも何か言いたそうに田中が僕をちらと見る。

「なんだよ？」

言いたいことを腹に溜めない彼にしては珍しいと顔を覗き込むと、田中は、うん、と少し言い澱《よど》んだあと、下を向いたまま言いにくそうに話し出した。

「最近お前、寮に帰ってないだろ」

「……うん？」

田中とは同じ寮だし、部屋も近いので僕が帰っていないことは彼にはバレバレだったが、こう改めて聞かれると返答に困ってしまう。

寮仲間には殆《ほとん》ど彼女の家に入り浸って寮に帰って来ない輩《やから》も結構いるので、僕がこの一週間寮を空けていても誰に咎《とが》められるものでもなかったのだが、田中は何を思ってわざわざそんなことを言い出したのだろうと、今度は僕がちらちらと彼を窺いつつ、次の言葉を待った。

「いや……茅場町《かやばちょう》からお前が乗ってくるのに気づいたんだけどさ」

田中は尚も言いにくそうに、僕の方を見ないままぽつぽつと語り続けた。朝の通勤時、先を急ぐ足早なサラリーマンやＯＬが僕たちをどんどん追い越してゆく。

「ぶっ倒れんじゃないかと思うくらい、顔色悪かったんだよな。ほんとお前、大丈夫か？」

田中はここで初めて心配そうに僕の顔を覗き込んできた。

「……大丈夫だけど？」

僕は答えながら、朝、鏡を見たときはそれほど顔色は悪くはなかったように思うんだけどな、と首を傾げた。確かに昨日は色々考えてしまってあまり眠れなかったのだけれど、流石にそれで『ぶっ倒れそう』になるほど僕の身体はヤワには出来てない。不審そうな顔をした僕を田中は暫《しば》し眺めていたが、やがて溜め息をつくと、僕をぎくりとさせるようなことを言い出した。

「……悪い、ほんとはさ、お前が酷く思いつめた顔をしてるように見えたんだよ」

「…………」

そんなことないよ、と笑い飛ばそうとしたが、田中の真摯《しんし》な眼差しの前にはそんな誤魔化しは通用しなさそうだった。黙ってしまった僕に田中は「余計なお世話だってことは百も承知なんだけどさ」と断ってから、いや、と首を振る僕に向かって、再び口を開いた。

「最近、お前の様子がおかしい……というか、まるで覇気がないって野島さんが心配してさ、俺に何か知ってるかって聞いてきたんだよ。俺も実は同じことを考えていたから、一度寮でお前を捕まえて、悩んでることでもあるのかって聞いてみようと思ってたんだが、お前最近、夜はやたらと早く会社を出るし、寮にはさっぱり帰って来ないし……その上今朝、あんな顔見ちゃどうにも心配になってな」

それで朝から悪いとは思ったんだが、声かけさせて貰ったんだよ、と田中は言うと、僕を思いやった上の行為であるにもかかわらず、「ごめんな」と詫びてくるものだから、僕は慌てて彼に頭を下げた。

「いや、こちらこそ。心配かけて申し訳ない」

「……野島課長は理由ははっきり言わないんだけど、お前のこと随分気にかけてるみたいなんだよな。自分があれこれ聞くより、俺の方がお前は話しやすいんじゃないかって、そこまで気を遣ってさ。ほんと、お前何かあったのか？」

田中の言葉を聞けば聞くほど、彼に、そして野島課長に対し、申し訳なさのあまり居たたまれなくなってくる。野島課長がそれほど僕を心配してくれるのは、半年前のあの事件があったからなのだろうが、自分が他人に心配をかけるほどに落ち込んだ様子を晒していたのか

ということを今改めて知らされ、僕はそのことにもひどく落ち込んでしまった。それを察したからだろう、

「いや、そんな大袈裟《おおげさ》なもんじゃないんだけどな」

フォローまで入れてくれる田中の気遣いが有難くも申し訳なくて、僕は「ほんと、申し訳ない」と再び彼に頭を下げると、わざと明るく笑ってみせた。

「なんでもないんだ。ほんと……うん、最近風邪気味だからだろう。ちょっと調子が悪いだけだよ」

「……ならいいんだけどな」

田中は敢えて深追いしようとはせず、一転して彼もまた明るい口調で僕に尋ねてきた。

「そうだ、今夜、お前なんか用事あるか？」

「今夜？」

おうむ返しにする僕の頭に桐生の顔が浮かんだ。毎日来なくてもいいと言った彼の笑顔の次に、僕に向かって微笑みかけてきたあの滝来氏の顔が何故か浮かび、僕は慌てて気持ちを切り替えると、

「今夜？」

再び田中に向かい同じ問いを重ねた。

「うん、よかったら久々に、飲みに行かないか？　お前に話したいこともあるし」

田中はそう言うと、まあそんなに俺も早くは出られないと思うんだけどな、と肩を竦めてみせた。

「話したいこと？」

なんだろう、と首を傾げる僕に田中が少し困ったように笑いかけてくる。

「もうお前の耳にも入ってるかもしれないんだけど」

「何が？」

素でわからず問い返した僕は、帰ってきた田中の答えに仰天し、往来だというのに大きな声を上げ彼の腕を摑んでしまった。

「俺、駐在が決まりそうなんだよ」

「なんだって？」

僕の声が大きすぎたせいか、周囲を歩く人々が不審そうに立ち止まった僕たちを眺め、通り過ぎてゆく。

「なんだ、知らなかったのか」

田中は逆に驚いたように僕を見ると、僕が摑んだ腕を僕の背に回し、歩こう、と僕を促した。

「内示があってな、まだ赴任は先なんだけどそのことも話したかったし……って今、話しちゃってるけどな」

そう笑う田中に、僕は「駐在って……」と呆然としつつも、場所と時期を尋ねた。

「メキシコシチーだよ。多分発令は六月……赴任は夏頃かなあ」

田中はそう言うと僕を見返し、苦笑してみせた。

「まあ、まだ正式に言われたわけじゃないけどね」

「メキシコか……」

遠いな、というのが第一印象だった。商社に勤めたからには海外駐在も有り得べし、とは思っていたが、身の回りで海外に出た者はまだいなかっただけに、田中の駐在は僕にとってかなりの驚きだった。

入社以来、田中とは馬も合って仲良く付き合ってきただけでなく、半年前に桐生が無理やり僕に関係を迫っていたことを知った彼は、さりげなく僕の盾になり、僕を守ろうとしてくれた。

彼の高校時代のクラブの後輩が、やはり強引に同性の先輩から関係を迫られたときに、助けてやれなかった自分を悔いていた田中は、僕が桐生から同じような目に遭っていると知り、僕のことを守ると申し出てくれたのだ。

桐生との関係は最初は確かに無理やり結ばされたものではあったけれど、今となっては僕は自らの意志でそれを続けたいと思っている。それを知らない田中は未だに僕を気遣い、何かと声をかけてくれるのだが、彼の好意を無にしてしまっていることは、ずっと僕の心にわだかまりとなって残っていた。

自分にやましいところがあるだけに、僕は僕に対して常に労りの視線を向けてくれる野島課長や、この田中との付き合いを無意識のうちに避けるようになっていたのだが、彼らに対する申し訳なさは単なる言い訳で、彼らの目を通して見ることを想定した、桐生との行為に溺《おぼ》れる自分自身を実は厭《いと》うているだけなのかもしれなかった。

「まあ中央アフリカよりはましだよ」

田中は僕が黙ってしまったのをどう解釈したのか、いつものようにそう陽気に笑ってみせたあと、

「いけねぇ、このままじゃ遅れる。急ごうぜ」

僕の背をどやしつけるようにして、二人足を速めた。

メキシコは駐在地として、それほど悪いところではなかった。自動車本部の僕たち若手が先進国に駐在に出る確率は著しく低い。田中も言っていたが、中央アフリカの所長一人、駐在員一人の事務所に比べ、メキシコシチー駐在はまあ『おめでとう』と言える駐在地ではあった。

田中がメキシコへ行き、桐生はアメリカへ行くのか——社に到着し、メールをチェックしながら僕はそんなことを考えている自分に呆れた。語学だけは堪能《たんのう》と言われているのにまだ海外出張すらしたことがない自分を少しは叱咤してやらないと、このままでは同期ばかりで

なく後輩にだって抜かれてしまう。

――こんなことだから桐生にも置いていかれるんだ。

また、気づけば桐生のことを考えている自分にほとほと嫌気がさしてしまった僕が一人大きく溜め息をついたとき、ふと野島課長の視線を感じ課長席を見やった。途端にPCへと目を伏せる課長の顔を見て、僕の胸にはどうしようもないくらいの罪悪感が湧き起こる。

くだらないことを考えている間にまずは自分の仕事のことを考えなければ、と気持ちを切り替えようとした僕の目に新着メールのある表示が映った。田中かなと思い開いてみると果たして彼で、

『話が途中になったが、今日の予定はどうだ？　九時には体が空くと思うんだけど？』

通勤の途中、最後は曖昧《あいまい》になってしまった今夜の予定を聞いてきている。九時なら桐生の病院に行って帰って来られるな、と僕は考え――またも桐生のことを頭に思い浮かべてしまっている自分に愕然《がくぜん》としつつも、気を取り直し返信した。

『OK。じゃあ九時に。場所は？　銀座はどうかな？』

銀座と築地は近い。どうやら僕はなんとしても桐生の見舞いに行くつもりのようだった。

田中からの返信はすぐに来た。

『それじゃあ三井アーバン銀座の地下の店で』

ということだったので、僕はOKと再び返信し、今日の予定をざっと見た。この一週間、

早く帰り続けているので流石に仕事も溜まっている。八時半まで今日は社に籠《こも》って残務処理だな、と思っている傍から僕は終わる時間を定時に想定していた。雑談のひとつも交わさず大車輪で僕は今日やろうと思っていた仕事を片付け、結局七時には会社を出て築地の病院へと向かったのだった。

タクシーを走らせながら、やはりマンションに先に寄って洗濯した下着やタオルを持っていってやろうかな、と思いつき、行き先を変えた。面会時間は八時までだから、三十分ほどしかいられなくなりそうだが、その三十分でも会いたいと思ってしまう自分がなんだか信じられない。

まあ今日は洗濯物を届ける用事もあることだし、と無理に自分を納得させるのもどうかと思うのだが——現にまだ桐生のところには下着類のストックはあるのだし——会いに行くのを我慢するのも馬鹿馬鹿しいか、と僕は深く考えるのを止《や》め、マンションで荷物を纏《まと》めると待たせておいたタクシーに乗り、病院へと向かった。

エレベーターを降り、ナースステーションにいた琴浦さんに目礼しつつ、病室を目指す。病院の食事は六時だそうだから、既に空になった食器が廊下のトレイに戻されていて、その匂いが僕の空腹を誘った。田中と何を食おうかな、と思いながら桐生の病室のドアを開け——僕はその場に立ち尽くしてしまった。

先客がいた。昨日と同じように半身を起こしたベッドの上で、男が桐生に覆い被《かぶ》さっていた。男の背中には桐生の手がしっかりと回されている。

ばさ、という音に僕は我に返った。それが自分が持ってきた荷物を落とした音だということに気づいたのは、その音に驚いたように身体を返した彼——滝来氏と、やはり驚いたように目を見開いて僕を見た桐生の顔を見た、そのあとだった。

痛いほどの沈黙が僕たちの上に流れる。

「……長瀬さん」

滝来氏が僕の名を呼んだ瞬間、僕はそのままドアを閉め廊下を駆け出していた。

「長瀬さん？」

すれ違いざま、琴浦さんが驚いたように僕に声を掛けるのをあっという間に背中に聞きながら、僕はエレベーターを待つのももどかしく非常階段を駆け下り、病院を飛び出した。

桐生は——何をしていたというのだろう？

桐生の力強いあの腕——いつも僕を抱きしめるあの手が、今日抱いていたのは——。

エントランスを出た途端、僕は客待ちをしていたタクシーに飛び乗った。

「三井アーバン」

行く先を告げ、そのまま顔を両手に伏せる。払っても払っても、僕の目には先ほどの情景が——桐生の上に屈みこんでいた滝来氏の背中と、その背を抱きしめるように回された桐生の右手の残像が蘇り続けた。僕は大きく息を吐くと伏せていた顔を上げ、車のライトが流れる車窓の風景へと目をやった。見る対象物がどんなにあっても、僕の頭に浮かぶのはあの像――桐生のあの右手だけだった。

どういうことなんだろうか――僕は窓ガラスに額をぶつけ、嫌でもまとまりそうになる思考から必死で逃れようとしていた。

『最も信頼できる部下だ』

桐生の信頼を得た男は――あの端正な顔をした、物腰の柔らかいあの男は――。

『意外でしたね』

くすり、と僕を笑ったあの男は――桐生の心をもその手に得た、ということなんだろうか。

嫌だ――!

筋道だった論理も、組み立てるべき材料も、推測も予知も何もかもを超え、僕の心に真っ先に浮かんだのは――嫌だ、という思いだけだった。

泣き出しそうになるのを必死に堪えている僕の目の前に銀座の賑《にぎ》やかな街並みが開けてきた。車はそのまま新橋《しんばし》のほうへと向かう。こんな思いを抱いたまま、田中と飲む気には少しもなれなかった。が、運転手に「三井アーバンでしたよね?」と問いかけられた僕は、ええ、と頷き、待ち合わせにはまだ随分間があるな、などと一方で酷く冷静なことを考えていて、そのギャップの可笑しさに一人笑い始めた。

「お客さん?」

運転手が気味悪そうにミラー越しに僕を見る。

「……ああ、すみません」

彼に片手を上げて詫びはしたが、こみ上げる笑いを抑えることが出来ず、くすくすと笑い続けた。ぼやける視界を晴らそうと手の甲で目を擦《こす》ったとき、はじめて自分が涙を流していることに気付いた。あとからあとから溢れ出る涙を拭《ぬぐ》い続けている間に車はホテルへと到着し、僕は不審そうな顔をしている運転手に二千円を渡すと、釣りも貰わずに車を降り、地下にある待ち合わせ場所の店へと向かった。


田中は勿論まだ来ていなかった。八時を少し回ったところだから当たり前の話だ。よくホステスが同伴待ちに使うというこの店は、待ち合わせにはなかなか便利なところだった。カウンターに腰掛け、僕は立て続けにバーボンのロックを数杯呷《あお》った。田中が来るまでにすっかり酔っ払ってしまうという頭が働かなかったわけじゃないが、飲まずにはいられなかった。

『飲まずにはいられない』か、と僕はまた自分の思いに苦笑した。野島課長の口癖だ。皆の前でよくそう言っては周りを笑わせていたが、今がその『飲まずにはいられない』状態なんだな、とひとごとのように考えると少しだけ気持ちが楽になった。五杯目を頼んだとき、バーテンがちょっと困ったような顔をした。僕の呂律《ろれつ》が回ってないことに随分前から気づいていたらしい彼は、遠慮深そうに僕にチェイサーの水だけ足してくれながら尋ねてきた。

「お待ち合わせですか？」

「うん。もうすぐ来るよ」

僕は我ながら陽気に聞こえる声でそう答えたが、その声がやけに大きく響くことに首を竦め「ごめんね」と彼に笑いかけた。

「いえ……」

つられたように彼も笑うと、小さな声で尋ねてくる。

「大丈夫ですか？」

「飲まなきゃいられないんだよ」

野島課長の口真似をした僕の口調は自分にも酷く酔っているように聞こえた。バーテンはやはり困ったような顔になると、「はあ」と相槌にならない相槌をうち、どうしようかな、というように同僚のほうを振り返る。

と、そのとき扉の開く音が後方でしたかと思うと、

「ごめんごめん、遅くなった」

聞き覚えのある声が僕の後ろで聞こえ、僕の背中を叩《たた》きながら隣の椅子《いす》へと彼が——田中

が腰を下ろした。目の前のバーテンがほっとした表情になると、

「いらっしゃいませ」

と田中の前にメニューを差し出す。

「なんだ、もう随分出来上がっちゃってるじゃないか」

田中が僕の顔とバーテンの顔をかわるがわるに見ながら呆れたようにそう言い、「大丈夫か？」と尋ねてきた。

「大丈夫だよ」

心配そうな田中の顔が何故か可笑しくて僕はくすくす笑い、また野島課長の口真似をしてみせる。

「飲まなきゃやってられないって」

「随分飲んだの？」

田中がバーテンに尋ねる。バーテンは黙って伝票を見せたようだった。

「長瀬？」

田中が眉を顰め、僕の顔を覗き込んでくる。

「いいじゃないか、たまには飲もうよ」

僕は尚更陽気な声でそう言うと、

「田中の駐在を祝って、乾杯！」

まだ酒も頼んでいない彼に向かってそう叫び、漸くバーテンが僕の前へと置いてくれたバーボンのグラスを一人空けてみせたのだった。

店にはどのくらいの時間居たのだろう。田中はうるさいくらいに帰ろう、と僕を促したが、僕は頑としてそれを聞き入れず、田中にも飲むように強要し、周囲が眉を顰めるほどにカウンターで騒ぎ倒した。

「話ってなんだよ」

さんざん田中に絡みながら、メキシコは高度が高いから空気が薄いんだってな、とか、自動車の先輩は誰がいたっけ、とか、思いつくままに話し、田中の答えを待たずにころころと話題を変えた。

「もうやめとけよ」

田中にグラスを押さえられ、うるさい、と怒鳴ったような気がする——がすでに僕の記憶は曖昧だった。支払いをしたことすら覚えておらず、どうやって店を出たのかも思い出せないが、気づけば僕はタクシーに揺られ、くらくらする頭を窓ガラスにあててその冷たさで酔いを醒まそうとしていた。

タクシーの震動で、僕はなんとなくこれから桐生の病院に向かうような錯覚に陥っていた。

——が、ふと見やった時計の針が深夜をさしていることに気づき、ああ、これから家に帰るんだな、と変に納得したりもしていた。

築地のマンションには桐生が待っている——酔いが僕の頭を混乱させ、早く帰りたいと願いながらも、何か大切なことを忘れているようなもどかしさを覚えつつ、僕は目を閉じ、車の震動に身体を預けた。

いつの間にか眠ってしまったらしい。車を降りた記憶がなかった。

「ああ、重いな、くそ」

誰かに支えられるようにしてよろよろと歩き、どさりとベッドの上に投げ出される。

「大丈夫か？」

尋ねてくる声は、桐生のものだと思った。

「水……」

甘えてそう頼むと、呆れたような溜め息が頭の上で聞こえる。ああ、やっぱり桐生だ、と僕は彼へと両手を伸ばし、僕に覆い被さってきたその背中をしっかりと抱き締めた。

びくりと僕の腕の中でその背が震える感触に、僕は何故か急速に欲情を覚え、更に強い力で彼の背中に縋《すが》り付いた。

「……おい？」

戸惑うような声が耳元で聞こえる。何故彼は僕を抱き締め返して来ないのだろう――？疑問を覚えた瞬間、僕の脳裏に病室で見たあの光景が――桐生に覆い被さっていた滝来氏の背中が浮かび、堪らず僕は、益々強い力で彼の背に縋り付いていった。

「……長瀬？」

彼の手がゆっくりとベッドから浮いた僕の背中に回される。

「いやだ……」

僕は彼に力強く抱き締めてほしくて――僕を離さないと言ってほしくて、更に強い力で彼の背を抱き締めながら肩に顔を埋《うず》めた。

「……離れちゃいやだ……」

「長瀬……」

僕の背を抱き締める彼の手に、次第に力がこもって来る。

「離しちゃいやだ……」

気づけば僕は彼の腕の中で涙を流していた。離れたくない。離さないでほしい、僕のことだけを抱き締めていてほしい――すべて言葉にできたかはわからない。僕は子供のように泣きじゃくり、彼の背を力いっぱい抱き締め、その肩に顔を埋め続けた。

「長瀬……」

彼に名を呼ばれるのが嬉しかった。僕はくちづけをねだるために顔を上げ――驚いて今まで抱き締めていた背を離し、己の背を抱く彼の手から逃れようとその胸を突き飛ばした。

「長瀬？」

戸惑った顔で僕を見下ろしていたのは——田中だった。

僕は激しく混乱し、急に動いたことで尚更くらくらしてきた頭を抱えるようにして、自分が生み出したこの状況をどう収めたらいいのかと、無言のままに目の前の田中を見上げた。

「長瀬……」

田中が再び僕へと覆い被さって来る。

「……ちが……」

背けた僕の顔へと手をやり、田中が唇を重ねてきた。違うんだ、という僕の言葉がくちづけに呑み込まれてゆく。彼の胸に再び手をつき、その身体を押しのけようとした僕の脳裏に、またあの、滝来氏の背中に回された桐生の右手が過《よぎ》った。

上がりかけた僕の手がベッドの上に落ちる。それをまるで他人のもののような感覚で捕えているどこか醒めた自分が、田中の腕の中にいる自分を見下ろしていた。

田中の手がシャツのボタンにかかったときも、僕は抵抗らしい抵抗はしなかった。全てがどうでもいいような気がしていた。今、欲しいのは、ふとした拍子に脳裏に浮かぶあの姿を——桐生と滝来氏の姿を、僕の前から消し去ってくれる、何か——。

全てを忘れさせ僕を救ってくれる、誰かの力強い腕だった。

「長瀬……」

囁かれる声も、裸の胸を這《は》う掌《てのひら》も、田中のものに違いなく、桐生のそれではありえないのに、僕は目を閉じ、桐生の面影をその中に見出《みいだ》そうと必死になっていた。

脱がされるままにシャツから腕を抜き、Tシャツを捲り上げようとするのを背中を浮かせて手伝った。裸にされた上半身を田中の唇が這ってゆく。胸の突起を口に含まれ、きつく吸われると、自分でも驚くくらいに自身がびくんと反応した。

心もとない意識とは裏腹に酷く身体が過敏になっているような気がする。田中は僕の胸の突起に舌を這わせ、軽く歯を立て執拗《しつよう》にそこを舐め続けた。次第に自分の息が上がってくるのを、もう一人の冷静な自分が見ていた。

心なしか田中の息遣いも速くなっているような気がする。不意に僕の頭に、田中は今、何を思って僕の身体を組み敷いているのだろうという疑問が芽生え、思わず閉じていた目を開いて自分の胸の上にある彼の頭を見下ろした。田中が視線に気づいたかのように、ゆっくりと顔を上げ、彼と僕の視線が絡み合う。

「……田中……」

唇が唾液《だえき》で濡《ぬ》れて光っている。いつもの精悍《せいかん》な彼の顔が酷く淫蕩《いんとう》に見えた。

「田中……」

もう一度名を呼ぶと、田中が目を細めて微笑んだ。照れたようなその笑みはいつもの彼のものだった。

「……やっと俺を見てくれた」

田中はそう言うと、大きく息をついて僕の身体の上から退いた。そのまま僕の寝ていたベッド——そこは寮の部屋だった。この瞬間に僕は自分が何処にいるのかを漸く察した——に腰掛け、床に落ちていた僕のシャツを拾うと裸の胸にそれを放った。

僕はそれを手にのろのろと半身を起こし、素肌にシャツを羽織った。胸の辺りに赤い吸い痕《あと》が二つ、実は煌々《こうこう》とついていた部屋の蛍光灯の光の下、浮かんで見えた。僕は無意識にそれを指で辿《たど》りながら、ふと田中の視線を感じ、再び彼へと目を戻した。田中は苦笑するように笑うと、僕から目を逸らし、俯いた。

「何やってんだろうな」

「……田中……」

本当に何をやっていたのだろうと思う。桐生を失った辛さに耐えかね、僕は田中の腕に縋ろうとしていた。田中が何故僕の思うままにその手を差し伸べてくれたのかはわからない。彼も随分酔っていたのかもしれない、と僕もまた俯く田中から目を逸らし、謝罪の言葉を口にした。

「すまない……」

「……俺さ……」

俯いたまま田中はくす、と小さく笑うと話を始めた。

「お前が『離れたくない』って言ったのをさ……駐在に行く俺に言ってくれたんだと思った」

田中の言葉に、確かにそう言い彼の背を抱き締めた自身の姿を思い出したが、僕は肯定も否定もできずにただ無言のまま俯いているしかなかった。

言えるわけがない——桐生と混同してしまったなどということを、彼に言えるわけがなかった。が、田中は再びくすりと笑うと、

「今日気がついたよ」

そう言い、僕の方へと視線を向けてきたようだった。僕も顔を上げ、いつもと同じく真《ま》っ直《す》ぐに僕を見つめる田中の視線を正面から受け止めた。

「俺は……お前が好きなんだ」

「田中……」

意外なその言葉に僕は思わずまた彼の名を呼び——田中の瞳の中のあまりにも真摯な光を見たときに、実は自分が少しも彼の告白を『意外』などとは思っておらず、予測すらしていたことに改めて気づいてしまった。

だからこそ、僕は田中に縋ったのだ。田中ならその腕で僕の願う通りに全てを忘れさせて

くれるだろうと、頭の何処かで意識していたからこそ、彼の前に身体を投げ出したに違いなかった。

そんな僕の卑怯《ひきょう》さなど少しも気づかぬ彼の、真っ直ぐに僕を見つめるその強い視線の前に、僕はどうしようもないほどの彼への罪悪感を覚え、堪らずまた目を逸らした。

「すまない……」

先程とは全く違った意味での謝罪の言葉を口にした僕に、

「……謝るなよ」

田中も僕から視線を外し、ぼそりと呟く。それを目の端で見ながら僕は、同じ言葉を昨日桐生に言われたなと思い出していた。

不機嫌なその口調に滲《にじ》む優しさは僕の独り善がりだったのかもしれない。が、田中の言葉に籠る優しさは痛いほどに僕の耳へと響いてきて、僕はまたも彼に向かい深く頭を下げた。

「すまない」

「……謝るなって」

田中が僕の頭へと手を伸ばし、髪をくしゃ、と一回かきまぜた。あまりにも優しいその感触に僕は益々顔を上げられなくなってしまい、

「本当にごめん」

と謝罪の言葉を繰り返し、更に深く頭を下げた。

「……桐生か？」

僕の髪から手を退《ど》け、ぽつりとそう呟いた田中の言葉に、僕は驚いて顔を上げた。

「……やっぱり」

そうなのか、と田中は苦笑し僕を見た。田中の顔には少しも皮肉の影はない。僕はどう答えたらいいかわからず無言で彼の顔を見返した。

「そうじゃないかと思ってたよ」

田中は僕から目を逸らすと、ぽつりとそう言い、膝《ひざ》の上で組んだ自分の手を見下ろした。

「でも……言い訳にしかならないけど、あのときは――」

田中が僕を『守りたい』と言ってくれたときには、本当に僕は桐生が僕に仕掛けてくる行為が嫌でたまらなかったのだ、と言おうとした僕に、田中は「わかってるよ」と僕の言葉を微笑みで制した。

「田中……」

「お前が俺を騙《だま》していたなんて、俺は少しも考えちゃいないよ。それを言ったら俺だって、お前を守りたいとか言いながら、実のところこうしてお前を抱くことを望んでいたんだもんな」

一緒だよ、と田中は僕に笑いかけ、「そんな」と口を挟もうとした僕の手を取って言葉を止めさせた。

「何があったか知らないが……自棄になるな」

僕の顔を覗き込み田中は力強く囁くと、

「そんな困ったような顔をするなよ」

またくすりと笑い、握った僕の手をぽんぽんと二度、僕の膝の上に落としてから手を離した。

「……うん」

田中の優しさに涙が零れそうになった。必死でそれを堪え頷いた僕に、田中は一際明るい声で、

「まあ、なんだ。桐生に飽きたら俺のことを思い出してくれ」

僕の背中を軽く叩くと「それじゃ、おやすみ」とベッドから立ち上がり、ドアへと向かっていった。

僕はその背中に向かい今日あった出来事の全てを打ち明けてしまいたい衝動を必死になって抑え込んでいた。僕を好きだと言ってくれた彼にそこまで甘えるわけにはいかない。桐生を失うのが辛いと、再び彼に縋りつくわけにはいかなかった。

「田中」

それでも彼がドアを閉める直前、僕は彼の名を呼んでいた。

「なに？」

少しだけドアを開き、田中が僕に微笑みかけてくる。

「……ごめんな」

そんな彼の顔を見てしまっては、他に何も言うことが出来なかった。思わず涙声になってしまった僕に田中はまた苦笑すると、

「二度と謝るなよ」

軽く僕を睨み、ドアの向こうに消えた。

かちゃり、とドアの締まる音を聞いた途端に僕はそのまま布団に突っ伏した。闇雲《やみくも》に何かを叫びたかった。大声を上げ、胸につかえた何かを涙と一緒に吐き出してしまいたかった。

それでも——僕は泣けなかった。声を出すことも出来なかった。くしゃ、と髪を撫ぜた田中の手の感触が蘇る。

ごめん——。

言えば言うだけ、彼に申し訳ないような気がした。それでも謝らずにはいられなくて、僕は心の中で何度も何度も、彼の優しい手に向かい、ごめん、と謝り続けた。

翌朝、二日酔いでふらふらする頭でシャワーを浴び、食堂で同期に「久し振りだなあ」な

ど冷やかされながらも田中の姿を捜したが、既に出かけてしまったあとなのか彼に会うことは出来なかった。

顔を合わせるのは辛くはあったけれど、昨夜泥酔して醜態を晒したことは詫びておきたかったのだ。出張だと言ってたから早くに出たみたいだぜ、と田中と部屋の近い同期に教えられ、諦めて僕は一人会社へと向かった。

久々の一時間の通勤時間は飲みすぎた身体にはキツかったが、気分の悪さを抑えるのに必死で、余計なことを考えずに済んだのは有り難かった。まだ幾分始業には早い時間だったが、野島課長をはじめ数人が出社していた。

「なんだ、顔色悪いぞ？」

席についた途端、野島課長が眉を顰めて僕の顔を見た。

「ちょっと飲みすぎまして」

苦笑しそう言うと、野島課長は安心したような表情をちらと浮かべたあと、

「仕事に影響及ぼすほどは、飲むなよな」

大仰に目を剝《む》いてみせ、まあ人のことは言えないけどな、と豪快に笑った。

田中にしろ野島課長にしろ、常に労りの気持ちをもって接してくれる人たちに囲まれている僕は幸せ者だ。そんな好意を受ける資格など僕にはないのに、と思うだに申し訳なさが募り、途方に暮れてしまう。

昨日、最後に田中は僕に笑いかけてくれた。彼の好意を利用しその腕に縋ろうとした僕に、全てがわかった上で尚、笑いかけてくれた田中の優しさ、気持ちの大きさに僕はこのまま甘え続けてしまってもいいのだろうか——そんなことをぼんやりと考えていた僕のデスクで電話が鳴った。我に返って受話器を取り、社名を名乗ると緊迫した女性の声が響いてきた。

『長瀬さん、いらっしゃいますか？』

「僕ですが？」

『ああ、よかった。S病院の琴浦です』

受話器の向こうで泣きそうになりながら名乗った声を聞き、あまりに普段と違う彼女の様子に驚き、「どうしたの？」と問い返す。

が、僕が本当に驚くのはこれからだった。

『桐生さんが……桐生さんがいないんです』

殆ど叫ぶような彼女のその言葉に、

「なんだって？」

僕も思わず大きな声を出し、立ち上がってしまっていた。一瞬のうちに周囲の視線を集めたのがわかったが、それに気を配っている余裕はなかった。

「いないって、どういうことなの？」

責めるつもりはなかったが、自然とそんな口調になってしまったんだろう、琴浦さんは受話器の向こうでますます泣きそうな声になった。

『わからないんです。今朝、検温のときに病室を覗いたらいなくて……それからずっと院内を捜しているんですけど、何処にも見当たらないんです』

「なんだってまた……」

桐生は病室を抜け出したということなんだろう。独り言として呟いた言葉にも琴浦さんは、『わからないんです』と答えると、思い詰めた声で訴えかけてきた。

『それで、長瀬さんだったら行き先をご存知じゃないかと思って……』

「いや……」

知らない、と答える僕の頭に、昨日見た滝来氏と桐生が抱き合っているシーンが過った。

彼なら——桐生が最も信頼しているという滝来氏なら、居場所を知っているのではないだろうか。それを口に出すのは、自分と桐生の関係より、滝来氏とのそれがより強固だということを認めるようで、どうにも耐えられなかった。が、そんなことを言っている場合ではないということもわかりすぎるほどにわかっていたので、僕は気持ちを切り替えるために軽く咳払《せきばら》いをすると、受話器に向かって問いかけた。

「会社には連絡した？　あの、いつも来ている滝来さんって人には聞いてみたの？」

『まだ連絡がとれないんです』

彼女の答えに何処かほっとしている自分に気づいたとき、僕は己の最低さ加減にほとほと嫌気がさしてしまった。が、そんなことなど勿論気づくわけもない琴浦さんは、縋るような口調で問いかけてくる。

『長瀬さん、何処か桐生さんが行きそうなところ、心当たりないでしょうか』

「……とりあえず、今からそっちに行きます」

心当たりなどなかった。が、動かずにはいられなかった。

『え……』

会社は？　と申し訳なさそうな声を出す琴浦さんに、直ぐ行きますから、と僕は繰り返し、電話を切るとそのまま上着を摑んだ。

「すみません、ちょっと出てきます」

野島課長に何を言う隙《すき》も与えずそれだけ言って頭を下げると、

「おい？」

と呼びかける課長の声を無視して僕はフロアを駆け出した。

二日酔いのむかつきは何時《いつ》の間にか消えていた。会社へと向かって歩いてくる社員たちの間を駆け抜けタクシー乗り場へと走り、丁度走り込んできた空車に手を上げると僕は、築地の病院の名を告げた。

「ああ、長瀬さん」

桐生の病室に走り込むと、中には泣きそうな顔をしている琴浦さんと——もう一人、先客がいた。

「……どうも……」

顔が強張《こわば》るのを抑えられなかったが、彼を——琴浦さんの横に佇《たたず》む滝来氏を見て、僕は頭を下げた。

「おはようございます」

慇懃《いんぎん》に挨拶《あいさつ》を返しながら、滝来氏は何か言いたげに僕を見たが、僕は彼に口を開かせるより前に琴浦さんに向かい、できるだけ優しい口調を心がけつつ問いかけた。

「いなくなったって、どういうことなの？」

「わからないんです。昨夜、消灯のときは確かにいらっしゃったんです。朝、六時半の検温のときに姿が見えなかったので、おかしいなとは思ったんですが、最近は早朝、散歩だとか言っていなくなることが結構あったんで、あまり気にしてなかったんです。でも……」

八時を過ぎても桐生の姿を院内に見つけることはできなくて、流石に心配して部屋を探ってみたところ、

「洋服も靴もなくて……どうやら何時の間にか外に出たらしいんです」

「なんだって？」

僕が上げた大声に驚いたのか、琴浦さんは両手に顔を伏せると「すみません」とその場で泣き始めた。

「いや、君のせいじゃないよ」

慌てて僕は彼女の肩へと手をやり、なんとか宥《なだ》めようとした。

「あたしのせいです。昨日は夜勤だったのに、桐生さんがいなくなったことに全然気がつかなかった……どうしよう、まだ化膿《かのう》止《ど》めの点滴だってうたなきゃいけないのに、傷口だってちゃんと塞がってもないのに……どうしよう」

泣きじゃくりながらそう言う彼女の言葉を聞くだに心配が募り、僕は口では「大丈夫だよ」と彼女を慰めつつも、桐生は今、何処で何をしているのだろうと彼の行方を思い、唇を嚙《か》んだ。

「……私はてっきり、長瀬さんのところだと思ったんですが……」

不意に静かな声が響き、僕は驚いてその方を——滝来氏を見た。滝来氏の表情にはいつも僕が目にする余裕の欠片《かけら》もなく、十は年老いてしまったかのような錯覚を覚えるほどに憔《しょう》悴《すい》しきって見え僕を驚かせたのだったが、更に僕を驚かせたのは彼の今の言葉だった。

「……僕のところ？」

眉を顰めて問い返す僕の脳裏には、またも昨夜の滝来氏と桐生の姿が浮かんでいた。言え

ば言うだけ自分が傷つくだけなのに、僕は思わず、

「僕より滝来さんの方が、よくご存知なんじゃないですか？」

自分でも嫌になるほど尖った声でそう答え——苦笑する滝来氏の表情を見て、更に自己嫌悪に陥った。

こんなことを言っている場合じゃない、桐生の行きそうな場所を考えなければならないというのに、ついつい嫉妬《しっと》心を剝き出しにしてしまう自分自身が本当に情けない。

「……詳しい話はまたあとでしますが」

滝来氏はちらと琴浦さんを見たあと、僕の顔を覗き込み、静かな声で問いかけてきた。

「本当に昨夜、桐生さんはあなたをお訪ねにはなりませんでしたか？」

「……いえ」

真剣なその口調に、反発するのも忘れて僕は答え——あ、と小さく声を上げた。

桐生がもし、滝来氏の言う通り僕に会いに来ようとしたのなら、彼が訪れるのはただ一箇所——。

「なに？　長瀬さん？」

琴浦さんが顔を上げ、涙に濡れた目で僕を見た。滝来氏も僕を見て、小さく頷いてみせる。

「……マンションだ」

築地のマンション——彼が僕を待つとしたら、その場所しかあり得ない。

「ご自宅にも何度も電話を入れたんですが、どなたも出なくて……」

と言う琴浦さんに、

「桐生は一人暮らしなんです」

僕は答えながら、早くも病室を飛び出そうとしていた。

「車、使ってください」

滝来氏が投げて寄越したキーを反射的に受けとってしまい、驚いて彼を振り返る。

「私はここで連絡を待ちましょう。今、社の方にも連絡を入れ応援を頼んでいます。一刻も早い方がいい。私の車、わかりますね？」

微笑みながら続ける滝来氏に、僕は彼の意図を測ろうと彼の顔を見やった。

「あの……？」

「……話はあとで。桐生さんが見つかったら、連絡だけは入れてください」

既に僕の知っている、あの余裕を感じさせる表情を浮かべて頭を下げる滝来氏に、僕は車のキーを握った右手を差し出した。

「すみません。左ハンドルは運転したことがないもので」

そして微《かす》かに眉を顰めた滝来氏に頭を下げ、キーを渡すと、「見つけたら必ず連絡します」と言い置き、そのまま病室を走り出した。

『話はあと』と何度も繰り返した滝来氏から聞かされる話の内容は、僕には辛いものかもしれなかったが、今はそんなことを言っている場合ではなかった。

頼む、居てくれ——。

タクシー乗り場に走り、祈るような気持ちで築地のマンションの場所を告げると、僕はそろそろ渋滞の始まった晴海通りを車がのろのろと進むのに苛つく心を抑え、車窓の風景へと必死で気持ちを飛ばそうと無駄な努力を続けたのだった。

5

車がマンションの前に止まると、僕は運転手に釣りはいいと千円札を渡し、開け放たれたドアから飛び出してオートロックのエントランスを駆け抜けた。エレベーターが来るのにやたらと時間がかかるような気がする。苛々しながら到着を待ち、桐生の部屋のある階を押した。

一気に上昇するエレベーターにくらりと貧血めいた気分の悪さを覚え、昨日酒を過ごしたことを今更のように思い出す。エレベーターの扉が開くのももどかしく箱から飛び出すと、僕は桐生の部屋に向かって廊下を駆けた。

ポケットから出したキーを、荒い息の下、鍵穴《かぎあな》へと入れようとするのになかなか上手《うま》く入らない。漸く鍵を開け勢い込んでドアを開き——ドアチェーンがかかっていないことに一抹の不安を覚えつつも僕は、

「桐生？」

と彼の名を叫び部屋の中へと駆け込んだ。

リビングを見回し、人の気配がしないことに不安を募らせながら、彼が寝室にしている部

屋の扉へと走り、大きくそれを開く。

「桐生！」

薄暗い部屋の中に、彼は——いた。

病院に運ばれたときの服装なのだろう、スーツの上下に、タイを締めないシャツ姿で、彼はベッドに横たわっていた。

「桐生！」

僕の声に寝転んでいた彼の身体がびくりと震える。慌ててベッドに駆け寄り、半身を起こそうとすると、逆に桐生は屈み込んだ僕の背中を強い力で抱き寄せてきた。

「桐生！」

すえたような——病院特有の匂いがした。病室にいるときには少しも感じることのなかった、病んだその匂いが桐生の身体から立ち上っていて、僕は慌てて彼の背に手を回し、身体を起こしてやると、堪らず彼に尋ねかけた。

「どうして……」

「……腹に響くよ」

耳元で大きな声を出したからだろう、桐生は、くす、と笑いそう言うと、益々強い力で僕を抱き締めてくる。

「桐生……」

その背を抱き締め返しながら、僕は何故だか知らないうちに込み上げてきてしまった涙を堪え、彼の肩に顔を埋めた。

「……なんだよ」

物憂げな桐生の声が、合わせた胸から震動となって響いてくる。いつになく彼の声に元気がないのは身体が辛いからだ、ということに漸く気づいた僕が今更のように身体を離して彼を詰《なじ》ろうとしたそのとき、

「……好きだ」

信じられない言葉が耳に——そしてやはり合わせた胸に響いてきて、僕は驚いて顔を上げ、僕を抱き締める桐生の顔を見た。

「……好きだ」

桐生が僕の目を真っ直ぐに見つめながら再びそう囁いてくる。

「……嘘だ」

信じられない思いがした。知らぬうちに僕の口からはその呟きが漏れていた。

「嘘じゃない。好きだ」

桐生がゆっくりと唇を寄せ、同じ言葉を僕に囁く。

「嘘だ……」

呟く声が涙に震えた。

「嘘じゃない」

桐生の右手が僕の頬へと伸びてくる。

「……うそだ……」

あまりにも近いところにある彼の瞳が、ゆらりと霞《かす》んだ。彼の指が僕の頬を滑り、流れ落ちる涙を拭う。

「……信じろ」

囁きながら桐生はそっと僕へと唇を重ねてきた。何度も何度も確かめるように僕にくちづけ、嗚咽《おえつ》に震える僕の唇をそっと包み込むようなキスを与え続ける。

「好きだ」

キスの合間に、それこそ数えられないくらい桐生はその言葉を口にした。信じろ、という言葉のままに繰り返される告白に、僕は溢れる涙を堪えることが出来ず、あまりにも幸福な己の涙に酔いながら、精一杯の愛しさを込めて彼の背を抱き締め返した。

「……痛……」

くちづけながら桐生が僕の身体をベッドへと押し倒そうとしたとき、小さく呻《うめ》いたその声に漸く僕は事態を思い出した。

「桐生！」

彼の身体を押し上げ、どうした、と僕を見下ろす彼を、『どうした』じゃない、と怒鳴りつける。

「お前、なんだって病院抜け出したりしたんだよ？」

「…………」

どれだけ心配したと思ってるんだ、と憤っている僕の前で、桐生は彼にしては珍しく、言葉を選ぶようにして黙り込んだ。沈黙のときが流れる。が、再び彼が痛みを堪えるような表情を浮かべたのに気づいた僕は、話はあとだ、と慌てて彼の手を引き立ち上がらせようとした。

「何はともあれ病院に戻ろう。皆心配しているんだから」

「……あのな」

桐生はベッドに座ったまま、僕が手を引いても立ち上がろうとせずに、ぼそりと小さく呟いた。

「なに？」

歩けないのか、と僕は急に心配になり、傍らに膝をつき彼の顔を覗き込む。

「……誤解だ」

不機嫌ともとれる声でまたもぼそりと呟いたその言葉の意味を測りかね、僕は彼の顔を尚も覗き込んだ。

「え？」

「……でも悪かった。軽率だった」

桐生はぶすっとしたままそう言うと、わけがわからないと戸惑う僕に向かって再び痛みを堪えるような表情を浮かべ「悪かった」とまた小さな声で詫びた。

僕は瞬時にして昨夜の滝来氏との抱擁のことを言っているのだと察し言葉に詰まったが、俯く桐生の額に脂汗が滲んでいるのを見て、今は何をおいても桐生を病院に戻さなくてはと、

「話はあとだ。立てるか?」

彼の脇に腕を差し入れ、支えて立たせようとした。

「……っ」

桐生が低くうめいて腹を押さえる。あまりにも辛そうなその様子に僕は再び彼を支えるようにしてベッドに寝かせると、

「今、救急車呼ぶから」

ポケットから携帯を取り出し、救急車を呼んだあとS病院の番号を押した。桐生は仰向けに寝たまま大きく息を吐くと、苦しげな声で三度《みたび》謝罪の言葉を口にした。

「……すまん」

そのとき電話が繋《つな》がり、僕は琴浦さんを呼び出してもらうと桐生が見つかったことを伝えた。

『よかったぁ……本当によかったです』

ほっとして泣きそうになった彼女も、容態が悪そうだという僕の言葉を聞いた途端にきびきびとした口調になり、安静に寝かせておくように、と言って早々に電話を切った。少しだけほっとして、僕はベッドへと戻ると床に座り、桐生の顔に滲む汗を拭ってやった。

「……本当になんで……病院抜け出したりなんかしたんだよ」

触った額がやけに熱い。高熱を出しているのかもしれない、と僕は益々心配になり、思わず詰るような口調で呟いてしまった。

「……なんで……？」

桐生が薄く目を開き、僕の顔を見上げた。遠くから救急車のサイレンの音が聞こえてくる。僕は顔を上げ、高層のこの部屋からは見えやしないだろうが窓の方へと視線を向けた。一刻も早く桐生を病院へと運びたかったからだ。

と、殆ど聞こえないような声で、桐生がぽつりと呟く声が背後で聞こえた。

「失いたくなかったからだよ」

「え？」

僕は彼へとまた視線を戻したが、そのときにはもう桐生は再び目を閉じていて、苦しげに大きく息を吐いたところだった。

「大丈夫か？」

拭《ふ》いても拭いても滲み出してくる額の汗を拭ってやりながら、奥歯を嚙み締めて痛みに耐えている桐生の顔を僕はただおろおろと見下ろすことしかできないでいた。救急車のサイレンの音が一段と大きくなり、ぴたりと止まる。車が到着したんだろうと僕は勢いよく立ち上がり、オートロックをあけてやる為にインターホンへと走った。

桐生はすぐに自分の病室へと戻され、医者の診断の後、化膿止めと解熱剤の点滴を打たれると、安らかな呼吸音をたてて眠りはじめた。

「無茶なさらないで下さい」

僕と滝来氏は担当医からも看護師長からもきつく叱責《しっせき》され、「申し訳ありません」と頭を下げ続けた。

「いくら回復が早いといっても、あれだけ切ったんです、一週間じゃ傷口は塞がりませんよ。合併症でも起こしたらどうするんです？」

まだ若い医師はひとしきりそう憤ったあとに、今回の発熱は傷が化膿しかけた為であることと、退院が三日ほど延びるが自業自得だから納得させるように、と告げると、

「二度とこんなことのないよう、徹底してくださいよ？」

我々にきつく言い渡し、看護師長を伴って病室を出て行った。

「……やれやれ」

バタン、と戸が締まった途端に神妙にしていた滝来氏が溜め息をつき、僕を見て笑った。つられて僕も苦笑する。

「ともあれ、無事でよかったですね」

滝来氏は桐生の方へと目線を向けたあと、改めて僕へと微笑みかけてきた。

「……本当に……」

僕も桐生へと視線を向け相槌を打ったが、次の瞬間、忘れていた滝来氏へのわだかまりを――昨夜見た桐生との抱擁を思い出してしまい、途端にこんなふうに彼と和んでいるのが辛くなった。

「……それじゃ、僕はこれで社に戻ります」

本当なら桐生の傍にいたかったが、何も言わずに抜けてきた会社のことが気になり、僕は病室を出ようとした。

――否《いや》、会社はただの言い訳にすぎない。単に僕は滝来氏の前で冷静でいられる自信がなかったのだ。

『好きだ』

桐生の声が蘇る。僕を抱き締めてくれた彼の力強い腕の感触を思い出しながらも、僕の頭には同じように滝来氏の背中に回っていた桐生の腕の残像が焼き付いていて、泣けるほどに嬉しかったその言葉も、信じろと囁いた彼の声も、彼にとっては決して嘘ではないにせよ、その言葉の『重さ』は、僕とはもしかしたら違うのではないかと思えてしまっていた。

『好きだ』

好きなのは僕のほうだ——僕が彼を思うように、彼が僕を思っていてくれるのであれば、これほど嬉しいことはないのだけれど、きっとそんなことはあり得ない。

でも僕は、たとえ僕との関係を桐生がアメリカへ行くまでの繋ぎと考えているのだとしても、また、僕だけでは飽きたらずに他へと桐生の興味が逸れてしまっているのだとしても、少なくとも僕のことを『好きだ』と桐生が思ってくれているのであれば、それだけで充分な気がした。

それは勿論、僕にとっては辛い状況だという自覚はある。が、それでも僕は桐生の傍にいたかった。彼をどうしても失いたくなかったのだ。

とはいえやはり、桐生が特別と思っている男と——滝来氏と顔を合わせているのは辛くて、僕は「それでは」と軽く頭を下げるとそのまま病室を出ようとした。が、

「長瀬さん」

後ろから不意に腕を摑まれ、僕は驚いて意外なリアクションをみせた彼を振り返った。

「少し、お時間いいですか」

滝来氏はにっこりと微笑むと僕の背に腕を回し、ドアの方へと肩を並べて歩き始めた。

「あの？」

話はあとで――マンションに桐生を捜しに行く前に彼が僕に言った言葉が蘇る。彼は一体僕にどんな話をしようとしているのか――少なくとも僕の聞きたいような話ではないように思われた。

「外にでましょう。今日は天気もいい」

エレベーターへと僕を促そうとする彼に僕は、

「すみませんが本当に時間がないんです」

そう言って頭を下げ、エレベーターがやってきたと同時に彼の前から立ち去ろうとした。

「それならお送りしましょう」

滝来氏はそう言うと一緒にエレベーターに乗り込んできて、ポケットから車のキーを取り出してみせた。結構です、と勿論僕は固辞したが、まあ遠慮しないで、と微笑む彼に押し切られてしまい、結局彼の車で大手町《おおてまち》の社まで戻ることになってしまった。

助手席に僕を乗せ車を走らせながらも、暫《しばら》く滝来氏は口を開かなかった。晴海通りは相変わらず混《こ》んでいて車は遅々として進まない。社に連絡くらいは入れておいた方がいいか、と僕はポケットから携帯を出し、滝来氏に「失礼します」と断ってから電話をかけはじめた。

野島課長を、と出た女の子に言うと、席を外しているという。あと三十分くらいで戻るから、と伝言を頼んで電話を切ったところで、滝来氏が運転席から声をかけてきた。

「朝から大変でしたね」

「いえ……」

首を横に振ったあと、僕は「滝来さんこそ」と彼を見やった。

「……本当に彼は無茶をする」

滝来氏が苦笑し、僕の方をちらと見る。

「認識不足でした。そんな『熱い男』だとは思わなかった」

「……?」

どういう意味なんだろう、と僕は首を傾げて彼を見返した。車がまた信号にかかって止まってしまった。銀座を抜けるまで渋滞は続くのだろうと、僕の意識が前方に逸れたとき、

「……昨日は驚かれたでしょう?」

くす、と滝来氏が笑い、愈々《いよいよ》本題を切り出した。

「え?」

僕は彼へとまた視線を戻し——今まで何度となく頭に浮かんできた昨夜見た情景をまたも思い出してしまい、一瞬言葉に詰まった。

彼は一体何を言おうとしているのか――頭の中を一瞬の内に様々な考えが過ったが、全て具体的な形を結ぶことなく意識の後方へと流れてゆく。そのくらい僕は彼の言葉に動揺してしまっていた。

彼は少しの間、言葉を選ぶように黙り込んだあと徐《おもむろ》に口を開き、驚くべきことを言い出した。

「実は私、ゲイなんです」

何でもないことのように彼が微笑んだものだから、言われた僕もその口調に乗せられ「はあ」と気の抜けた相槌を打ってしまった。

ゲイ――。

「ゲイ？」

一瞬の間のあと、僕は彼が何を言ったかにようやく気づき、思わず大声を上げ彼を見た。

「ええ、ゲイなんです」

やはり静かに微笑みながら滝来氏は頷くと、少しだけ動き始めた車の流れのままにブレーキを緩め、車を進めた。

「……桐生さんには初めて会ったときからずっと惹かれてましてね。彼にその気があるとは思えなかったから、自分がゲイであることは隠していたんですが……」

滝来氏は日常会話のようなさりげなさで驚くべき内容の話を続けていく。僕はそんな彼の端正な横顔を眺めていることしか出来ず、少しずつ進む車の震動に酔いそうになりながら、次に彼が何を言い出すのかと話の続きを待った。

「あなたの姿をお見かけするようになって、もしかしたら、と私は彼の嗜好《しこう》を初めて疑った。誰にも——そう、仕事上では私は誰より彼に信頼を得ているという自負があるのですが、その私にすら心を開かない桐生さんが、あなたにだけは本来の自分の姿を見せているように私には見えたんです。男女の別なく、彼が他人とそのような付き合いを持つということが私にはどうにも信じられなかった。彼の心を捕《とら》えた人物がどんな男なのかを知りたくて、それであなたを待ち伏せるような真似をしてしまったのですが……」

すみませんでしたね、と滝来氏はそこでまた僕を見ると、いえ、と答えた僕に微笑を返した。

「……わかるような気がしました。桐生さんが惹かれる気持ちが……正直妬けましたね」

苦笑しながらハンドルを握る滝来氏の言葉に、僕は思わず「そんな……」と口を挟んでしまった。

桐生が僕に惹かれている？　滝来氏が妬けるほどに？

とても信じられずに僕は、

「それは……ないと思いますが……」

思わずそう答えてしまったあと、この言葉が自分と桐生との関係を認めているのと同じだ

ということに今更のように気付いてしまい、曖昧に語尾を濁らせた。滝来氏はそんな僕の心を察してか、

「そういう無自覚なところがまた魅力の一つだとは思うんですけどね」

あはは、と高く笑ってそう言うと、ぱちり、とあまりにも魅惑的なウインクを僕に投げかけてきた。

「まあ全てはここだけの話――何処に漏れるものでもありませんから、どうぞご安心下さい」

「……はあ……」

それでも納得出来ずに僕が頷いたのが可笑しかったのか、滝来氏はまたくすりと笑ったあとに、表情を引き締め、

「話を戻しましょう」

少し間隔が開いてしまった前の車との距離をつめてからブレーキを踏むと、再び話し始めた。

「昨夜――私からの業務報告を受けながら、桐生さんが苛立っていらっしゃることに私は気づきました。あなたがなかなか現れないからかな、と思った途端に、お恥ずかしい話ですがあなたへの嫉妬が再燃しましてね。思わずあなたのお名前を出してしまったんですよ」

滝来氏の顔にはもう笑みは浮かんでいなかった。前方を見つめたまま彼は微かに眉を顰め、

昨日彼と桐生との間に起こった出来事を語り続けた。

「……前日にあなたを車でお送りした、と言うと、桐生さんは何故そんなことをしたのだ、と珍しく声を荒らげました。が、すぐ我に返ったように、それは申し訳なかったと、あたかもなんでもないことであるかのような軽い調子で礼を言いました。その様子に私は、やはり、という思いを深めまして——桐生さんが一瞬でも我を忘れるところなんて、一度も見たことがありませんでしたからね——初めて自分がゲイであることを彼に告白したんです」

滝来氏はそう言うと、一人また苦笑した。僕は何と相槌を打ったらよいかもわからず、無言のまま彼の顔を見つめ続けた。

「気づいていた、と桐生さんはやはり何でもないことのように言いました。そうですか、と私は答え、それは私の気持ちに気づいていたという意味ですか、と尋ね返しました。桐生さんはそれには答えず、何故今になってそんなことを言い出したのだ、と逆に私に尋ねてきました。今度は私がその問いを無視する番でした」

暫しの沈黙のあと、滝来氏は桐生に向かって言ったのだそうだ。

『あなたのウィークポイントを、私は摑んだと思っていいでしょうか』

桐生は滝来氏の顔を少しも表情を変えずに見返し『何が言いたい？』と尋ねたのだという。

「そこで私はあなたの名前を出した。あなたとの関係を対外的に知られたとしたら、ご自身の立場は勿論、あなたにもそれは酷くマイナスになるのではないか、と——」

嫉妬だったのです、と滝来氏はまた苦笑した。何処か寂しげなその微笑に何故か僕の胸まで痛む思いがする。それは多分、僕も滝来氏に抑えられぬジェラシーを感じているからなのだろう。

桐生に『最も信頼できる』と言われた彼に、ツーカーの仲を見せ付けてくれた彼に、仕事上桐生を支えているのが嫌でもわかる、優れた中身と容貌を持ち合わせている彼に、僕は到底敵《かな》わないと思い、そう思う自分自身を情けなく、腹立たしく思っていた。

桐生と肩を並べられるようになりたかった。桐生が必要としてくれるような人物になりたかった。何より——僕は誰より桐生の傍に、近いところにいたかった。

「……桐生さんは僅《わず》かに眉を顰めると、再び私に『何が言いたい？』と尋ねてきました」

滝来氏の声に僕は我に返った。寂しげに微笑みながら、滝来氏は語り続けていた。

『取引をしましょう』

滝来氏は桐生に言ったのだという。

『取引？』

桐生はなんの感慨も持たぬ目で真っ直ぐに彼を見返したのだそうだ。

『ええ、決して口外はしないということを条件に、取引をしましょう』

滝来氏は桐生の方に屈み込み、唇を重ねた。桐生は驚いた素振りすら見せなかった。そのまま自分に覆い被さる滝来氏の背へと手を回し、逆に己の方へと抱き寄せて来たのだという。

彼が驚きをその顔に表したのはその直後、いきなりドアが開いて僕が現れ、自分たちの姿を見られたことに気づいたときだった、と滝来氏は笑った。

「駆け出していくあなたを追おうとする私を、桐生さんは追わなくていい、と制したあと私の目を真っ直ぐに見上げ、『取引という言葉の意味をわかって言っているのか』と尋ねてきました」

『意味?』

尋ね返した滝来氏に、桐生は冴《さ》え冴《ざ》えとした微笑を浮かべ、言ったのだそうだ。

『取引というものは、対等な立場の相手としか成立し得ない。私を好きだというあなたが私と対等になることは——あり得ないことだろう』

「……あからさまに拒絶されるより堪《こた》えましたね。しかし全くの事実だった。この先も桐生さんの気持ちが私へと傾くことはないのでしょう。それがわかって尚、彼に言い寄る勇気は私にはなかった。桐生さんが私のキスを受けたのは、仕事上の私の働きに報いてやろうとでも考えた結果なのか、この先、何事もなかったように上司と部下として関係を続けていこうという布石にするためか——若《も》しくは、何の感情がなくともこのくらいのことはできると示してみせたのか——どちらにしろ、どんなに彼を欲しても手に入れることができないと私は痛感させられましてね」

滝来氏はここで大きく溜め息をつくと、僕の方へと目線を向け、わかっていたことなんですけどね、とまたも寂しげに笑ってみせた。

そんなことがあったのか――僕は桐生が『誤解だ』と言いながらも『軽率だった』と詫びたその言葉の意味を知り、なんともいえない思いに捕らわれていた。

滝来氏の話に嘘はないのだろう。桐生が彼を拒絶したというのもきっと事実に違いない。それでもまだ僕は、唇を重ねたのだという滝来氏に嫉妬を覚えずにはいられなかった。あまりに浅ましい独占欲を恥じつつも、僕の目は知らぬうちに彼の唇を追っていた。

「……帰りしな、私はもう一度、あなたのあとを追わなくてもいいか、と桐生さんに尋ねました。あなたを連れ戻し釈明されてはどうだ、と申し上げたのに、桐生さんは『不要だ』と不機嫌な口調のまま言い捨て、余計なことはするなと念まで押されたんですが――やっぱり気になったんでしょうね。きっと昨夜も私さえいなければあなたのあとを追っていたに違いありません。それほど私に『弱み』や『貸し』をつくることがお嫌だったんでしょう。ですから今朝、病院から連絡を貰ったときも私は桐生さんはあなたのところへ向かったに違いないと確信し、なんだ、やっぱり私の前では強がっていたんじゃないか、などと一人笑っていたんですが、あなたも病院に駆けつけてきたので正直驚きました……しかし、ご自分のマンションであなたの帰りを待っていた、なんてあまりに彼らしくない、可愛い振舞いじゃあないですか」

滝来氏は一気にそこまで言うと、それは楽しそうな笑い声を上げた。

「……本当にそうなんでしょうか」

僕にはどうしても信じられなかった。

『失いたくなかったんだ』

桐生はあのとき、確かにそう言ったのだと思う。彼が何を失いたくなかったのか――それこそ彼らしくない無茶をして病院を一人抜け出し自宅へと向かった彼が待っていたのは――本当に僕、なのだろうか。

『信じろ』

囁く彼の声が僕の耳に蘇る。それでも僕はどうにも信じられず、思わず縋るような目で、運転席の滝来氏を見やってしまった。

「……それを私に聞くのは、あまりに酷ですよ」

滝来氏は再び楽しげに笑ったが、彼の目はそれほど楽しそうではなかった。

「すみません」

思わず詫びた僕に、「謝るのは私の方ですよ」と滝来氏は尚も笑ってみせると、

「ああ、漸く車も流れて来ましたね。遅くなってしまって申し訳ない」

今までの会話などまるで忘れた調子でそう言って前方へと視線を戻し、本当に流れ始めた車の流れに乗ってアクセルを踏み込んだのだった。

社に戻ったあと、僕は野島課長に軽く叱責されたが、詳細を聞かれることはなかった。

「まあ近いうちに飲みに行こう、田中も駐在が決まりそうだしな」

野島課長は僕の背を叩くと、お前も英語ができるんだ、駐在要員の一人なんだからな、とハッパをかけてくれた。

僕はそのまま仕事へと戻ったのだったが、桐生の様子を思ったり、滝来氏との会話を思い出してしまったりと、とても仕事に身を入れることなどできる状態ではなかった。終業時間が来るのももどかしく、僕は会社を飛び出し病院へと向かった。

桐生は少しは快方へと向かっているだろうか――彼の身体を心配するのは勿論のこと、僕は彼に会いたくて仕方がなかった。

彼の顔を見、声を聞き――その腕で抱き締められ、唇を重ねたかった。こんなにも彼を欲していることを、僕は彼に伝えたかった。

エレベーターを降りると、ナースステーションにいた琴浦さんが僕の姿をみつけて駆け寄ってきた。

「今朝は本当にどうも有難うございました」

真面目な顔で頭を下げてきた彼女に、僕は桐生の容態を尋ねた。

「それが……ほんと、あの人、怪物ですよ」

琴浦さんは先程までの殊勝な様子から一転し、僕に向かって「聞いてくださいよ」と憤慨しがなり立てた。

「もう午後にはすっかり回復したとかいって、また仕事持ち込んでるんですよ。信じられます？　三十九度も熱があったのに、まあ解熱剤で下げはしましたけど、夕食だって全部平らげるし、退院を早めろとクレームつけるし、ほんと、あの人一体どういう身体と頭の構造してるんでしょう」

信じられませんよ、と言う彼女の言葉に僕は思わず吹き出してしまいながらも、桐生の元気な様子にほっと胸を撫で下ろし、

「それじゃ、きつく言っておくよ」

彼女に手を振り、桐生の病室へと向かった。

ノックをしてしまったのは昨日と同じ轍《てつ》を踏まないためだったのだが、中から応答はなかった。

「桐生？」

カチャ、と小さくドアを開け、蛍光灯の消された薄暗い室内へと足を運ぶ。琴浦さんはああ言っていたが、やはりまだ回復しきっていないのだろう。無理して仕事など持ち込んだものだから疲れてもう寝ているのかもしれない。

枕もとの小さな明《あ》かりだけが灯《とも》る室内で、僕はベッドの傍らに立ち、静かな寝息をたてている彼の顔を見下ろした。少しやつれたような気がするのは無理が祟《たた》っているためだろうか――綺麗な顔だな、と僕は今更のように桐生の容貌に見惚《みと》れた。

男らしい眉も、意外に長く濃い睫《まつげ》の影が落ちるシャープな頬の線も、通った鼻筋も、形のいい唇も――彼の顔、身体、漏れる吐息、その全てが愛しくてたまらなかった。

「桐生……」

小さな声で呼びかけてみたが、彼が目覚める気配はなかった。僕はそっと彼の上へと屈み込み、唇を彼の唇へと重ねた。ついばむように何度も何度も小さなキスを落としながら、額にかかる彼の髪をそっとすき上げてやる。

と、いきなり強い力で背中を抱き寄せられた。ぱちりと桐生の目が開き、驚いて彼を見下ろした僕に向かって、にっと笑いかけてくる。

「……起きて……」

いたのか、と尋ねようとした僕の唇を桐生の唇が塞いだ。貪るようなキスの激しさに、僕は琴浦さんの言葉に嘘はなかったことを改めて実感させられていた。そのまま身体を持ち上げられ、ベッドへと引《ひ》き摺《ず》り込まれそうになるのを足を踏張って堪えると、肩で息をしながら僕は思わず彼を怒鳴りつけてしまった。

「なんでそんなに元気なんだ？」

「あんな誘うようなキスされちゃ、仕方ないだろ」

桐生はにやりと笑って半身を起こすと、僕に向かって「来いよ」とまた手を差し伸べてきた。僕は請われるがままに彼のベッドへと腰をかけ、その腕の中に身体を預けた。

再び唇を合わせながら、服越しに彼の胸の鼓動を感じ、僕は不意に泣き出したくなるような幸福感に捕らわれた。その幸福感を逃すまいと僕は彼の背中を力いっぱい抱き締める。飽きることを知らぬように僕たちはいつまでも唇を合わせ続けた。

僕の背を抱く彼の手が熱いように僕の掌も彼の背の上で酷く熱くなっていた。唾液が口の端から流れ落ちるのを追いかけるように彼の唇が僕の顎を伝い、再び唇へと戻ってくる。痛いほどに舌を絡めながら、僕の手が彼の背をすべり下肢へと伸びた。その手を握り締めると、桐生は唇を離し、

「……流石に今日は出来ないよ」

と苦笑してみせ、僕を赤面させた。

「お前のを抜いてやろうか」

言いながら僕を握ってきた彼の手を振り払い、僕は寝台から降り立つと、照れ隠しに今更のことを尋ねた。

「具合は？」

「まあまあだな。多分予定通り退院できる筈だ」

そう答えはしたが、やはり疲れたのか、彼は再び仰向けに寝転がると、小さく息を吐いた。

「……大丈夫か？」

どう考えても疲れさせたのは僕なのだが、と思いつつも心配になって尋ねると、

「お前が聞くなよ」

桐生は相変わらずの皮肉な口調でそう言い笑った。沈黙が二人の上に訪れる。

「……ごめんな」

ぽつり、と桐生が小さな声で詫びる声が、しんとした室内に響いた。

「……え……」

じっと僕を見上げる桐生の瞳が、枕もとの明かりを受けてきらきらと輝いている。僕はその光に一瞬見惚れ、彼が何を謝っているのかに気づくのが遅れた。桐生が再び口を開こうとしたときに、僕は漸く彼の謝罪の意味を察し、

「滝来さんに聞いたよ」

先回りをしてそう言うと再びベッドへと腰を下ろした。

「……余計なことをするなと」

言っておいたのに、と舌打ちする桐生に、

「余計なことじゃないよ」

僕は笑い、手を伸ばして彼の髪を梳《す》いた。

「……すまなかった」

桐生は僕を見上げて再び詫びると、僕の手の感触が気持ちいいのかそのまま瞼《まぶた》を閉じた。

「桐生……」

彼の髪を撫で続けながら、僕はそっと彼の名を呼んだ。

「なに？」

物憂げな桐生の声に、僕の声も自然と小さくなる。

「……君と僕とは……『取引』ができる関係なんだろうか」

何故そんなことを聞いてしまったのかわからない。多分、まだ僕は拘っていたのだ。滝来氏の背を抱き締めた彼の腕に、その唇を塞いだという彼の唇に——。

桐生は少し驚いたように目を開くと、苦笑するように笑ってみせた。

「……なんだ、そんなことまで言ったのか」

いつにない彼の柔らかな微笑みを前に、また僕の胸は滝来氏への嫉妬でちくりと痛む。

「できるわけがないだろう」

当然のように言い放たれた彼の言葉に、僕の胸の痛みは増した。

『取引ができる関係』——桐生は滝来氏に、自分を好きだという彼とは対等の関係になり得ない、と言ったという。どちらか一方が思うだけでなく、互いが互いを思う気持ちが成り立たなければ対等たり得ないと言った桐生に、『できるわけがない』と言われたということは

――。

胸を、何か冷たい――鋭利な刃物か何かで抉《えぐ》られたような気がした。

己の髪を撫ぜる手がいつの間にか止まっていたことに気づいたのだろう、桐生は薄く目を開けると、

「……できるわけないだろう」

再び同じ言葉を口にし、言葉を失っている僕に向かってにっと笑いかけてきた。

「……こんなにお前に惚《ほ》れてるんだ。何が起ころうと俺がお前に勝てるわけがない」

「……え……？」

桐生の手がゆっくりと伸びてきて僕の頬へと指先が触れた。その手に引き寄せられるように僕は彼へと再び覆い被さっていくと、

「好きだ」

囁く彼の唇を、その言葉を胸の中に閉じ込めようとするかのように、自分の唇で塞いだのだった。


予定通りの日程で桐生は退院した。

「ほんと、信じられませんよ」

琴浦さんは最後まで怒っていたが、それでも桐生が退院するのが寂しいのか、しつこいくらいに彼に「身体に気をつけてくださいよ」とか「無理しないように」とか、何かと言葉をかけていた。

多少妬けたが、桐生がすぐにそれを察して「馬鹿」と囁き、隙を狙って唇を合わせてきたのには慌てた。

琴浦さんはもう「きゃ」と悲鳴を上げることはせず、ひきつったような笑いを浮かべて僕たちを送り出してくれたのだった。

「なに考えてるんだよ？」

使ってください、と滝来氏が置いていったというメルセデスに乗り込んだあと彼を怒鳴りつけると、桐生はわけのわからないことを言って笑った。

「サービスだ」

「何がサービスなんだか」

ぶつぶつ言う僕に、桐生はそうだ、と何かを思いついたような顔になり意味深に笑ってみせた。

「家についたら、究極のサービスしてやるよ」

「究極？」

「そう、究極」

車を走らせながら、桐生は僕の顔を見てまたにやりと笑う。

「……『お医者さんごっこ』とかベタなことは言わないよな？」

言いそうで怖かっただけに先回りしてそう言うと、

「それもいいな」

と桐生は笑い「よかないよ」と溜め息をついた僕の肩を抱き寄せ、唇に掠めるようなキスを落とした。

「……前」

向けよ、と僕は照れ臭さの余りぶっきらぼうにそう言うと――きっと僕の顔はとんでもなく赤かったに違いない――彼の身体を運転席へと押し戻す。

「あれだよあれ、剃毛。漸く俺も生え揃《そろ》ってきたからな。お前にも体験させてやるよ」

そんな僕に桐生は羞恥も吹っ飛ぶほどの下品な言葉をかけてくる。

「馬鹿じゃないか？」

思わず怒鳴ってしまった僕の横で桐生は高く笑うと、再び肩を抱き、その身体を押しやろうとする僕の頬に音を立ててキスをしたのだった。

「いいだろ？　やらせてくれよ」

桐生が僕を握り込み、耳元に囁きかけてくる。

「絶対……いやだ」

彼の手を避けようとして身体を捩《よじ》ったが、ぎゅっと自身を握られ身動きがとれなくなった。

「やってみたいんだよ」

桐生が脚を僕の脚へと絡ませ、尚も囁いてくる。

「……盲腸でもないのに……っ」

先端を指の腹で弄《いじ》られ僕は息を呑んだが、絶対にこれだけは頷くまいと固く心を決めていた。

「……直ぐ伸びるって。ほら」

と、桐生は僕の手を摑むと自分の下肢へと導いた。ちくりとした感触が掌を刺し、そこを見下ろすと一センチほどに伸びた彼の体毛が濃い影を落としている。

「……絶対に、いや」

振り切るようにして彼の手から逃れ、そのままベッドからも降りようとした僕の脚を桐生は摑むと、強引に自分の方へと引き寄せそのまま彼の顔の前で大きく開かせた。

「……っ」

いきなり勃ちかけた己を口に含まれ、僕は身体を捩って与えられる快楽を抑え込んだ。唇と舌で竿を、先端を愛撫《あいぶ》しながら睾丸《こうがん》を手で揉《も》みしだかれる刺激に、すぐにも達してしまいそうになるのを僕は必死で堪えた。桐生にはそれがわかっているのだろう、僕を口に含んだままにやりと笑うと、僕の忍耐を試すように竿を勢いよく扱き上げ、先端を舌で刺激する。

「……っ」

我慢などできるわけもなかった。こうして何の制約もなく彼と身体をあわせるのは二週間ぶりになる。僕は彼の口の中にあっという間に精を吐き出すと、尚もドクドクと脈打ち続ける自身の先を舐っている桐生の顔を見下ろした。

「……たまってるな」

くす、と笑う桐生だって、相当たまっているはずなのだ。だから馬鹿馬鹿しい剃毛なんてことを言い出したに違いないのだが、それに付き合ってやる気には流石の僕でもなれなかった。

「剃った後はさ、ここがつるりとして……」

桐生はそう言いながら、僕の陰毛を掻《か》き分けるようにして下腹に唇をつけ、強くそこを吸い上げた。今達したばかりであるのに、びくん、と僕の身体がその刺激に反応する。

「手触りがまた気持ちいいんだ……普段、直になんて晒されていないところだろ？　やたらと過敏になってしまって……」

桐生はまた唇を這わせ、僕の股《また》の付け根を強く吸うと、僕の顔を見上げて笑った。

「……きっとお前も気持ちいいと思うんだけどな」

「気持ちいいって」

呆れる僕に、桐生は、ああ、と頷くと、

「直にトランクスで擦れるからそれだけで勃ちそうになる。普段の生活でそれに耐えるおまえの顔が見たいな」

そんな、どんどん危ない方向へと一人で進んで行こうとする。

「……いやだって」

いくら気持ちよかろうが、どう考えてもヘンだ。異常だ。人に見られたらどうするんだ、と言う僕に、それまで笑っていた彼が、いきなり凄んできた。

「人に見せるって、誰に見せるんだよ」

「そういう意味じゃなくって」

僕は慌てて起き上がろうとしたが、がっちりと下肢を押さえ込まれてしまい半身を起こすこともかなわない。

「ほら、風呂とか、トイレとか……」

だいたい僕は寮生活なんだからな、と言うと、

「やっぱり剃らせろ」

桐生は俄然《がぜん》強い口調になり、僕の上に圧《の》し掛かってきた。

「なんで？」

彼の身体を押し上げ尋ねた僕に、桐生が再びにやりと笑う。

「寮生活に支障がある身体になれば……ここにいるしかないだろ？」

思わずその言葉と、唇を塞いできた彼の巧みなキスに引き込まれそうになる。が、そろそろと僕の下肢を撫で続ける彼の手の動きに途端に僕は我に返ると、

「絶対にいやだからな！」

その身体を力いっぱい押しのけ、不満そうな顔をした彼を睨み付けたのだった。

Happy Wedding in KOHCHI

1

「結婚式？」

行為のあと、けだるい身体《からだ》を桐生《きりゅう》に預け、うとうととしかけていた僕は、彼に聞かれた週末の予定を夢うつつのうちに答えてしまっていたらしい。怪訝《けげん》そうな彼の声になんとか意識を戻しながら、うん、と僕は頷《うなず》き、彼の腕の中で軽く伸びをしつつ、今度ははっきりと意識のある状態で答えた。

「大学の……同じゼミの友人のね」

「で？　何処《どこ》に行くって？」

桐生が少し反らせた僕の首筋に再び唇を這《は》わせながら尋ねてくる。今夜、散々彼におもちゃにされた僕の身体は既に限界を迎えていた。

彼の唇から逃れるために胸に手をついて身体を離そうと試みたが、逆にその腕を取られて背中をシーツに押し付けられ、圧《の》し掛かってくる桐生の唇が執拗《しつよう》に首筋や胸へと降りてくる災難に見舞われることになってしまった。

「……何処？」

時折唇を離し桐生が尋ねてくるのに、僕は必死で彼の下から逃れようと身体を捩《よじ》ると、

「高知《こうち》……っ……桐生、もう……っ」

次第に下肢に向かって降りてゆく彼の頭を髪を摑《つか》んで引き止めた。

「高知？」

そりゃ遠い、とふざけた調子で言った桐生がまた顔を伏せようとする。

「桐生」

僕がまたその髪を摑んで上向かせると、

「なんだよ」

桐生は痛かったのか眉《まゆ》を顰《ひそ》め、漸《ようや》く僕の目の高さまで身体を擦り上げてきた。

「……今日はもう……ギブアップ」

懇願の思いを込めて見上げると、桐生はなんだ、というように目を大きく見開き、既に勃《た》ちかけていた彼自身を僕の腹へと擦《こす》りつけてきた。

「早いんじゃないか？」

「……何回いかされたと思ってるんだ」

溜《た》め息《いき》交じりに呟《つぶや》いた僕に、

「カウントしてほしいのか？」

桐生はにやり、と笑って顔を近づけ、太腿の外側を摑んで大きく脚を開かせようとした。

「週末はどうせ会えないんだろ？　その分もやっておこうぜ」

「無理だって」

僕は慌ててそんな彼の胸を押し上げ——そうだ、とあることを思いついた。

「行かないか？」

唇を重ねようとしてきた彼に大きな声で尋ねる。

「……俺はいつでもいけるぜ？」

なにを言ってるんだ、と桐生は眉を顰めると、ほら、とでも言いたげに僕の脚を摑んで自分の腰へとかけさせ、そのまま後ろに自身を挿入し始める。

「そうじゃなくって」

だからもう無理なんだって、と僕は身体を擦り上げながら「逃げるな」と僕を押さえ込もうとした桐生の顔を見上げ、再び大きな声で問いかけた。

「一緒に行かないか？　週末」

「週末？」

流石《さすが》に驚いたのか、桐生の動きが止まる。

「そう。週末」

僕はなんとか彼の身体から自分の脚をシーツへと下ろすと、唖然《あぜん》としていた彼に言葉を続けた。

「考えてみたら今まで一緒に旅行なんてしたことなかったじゃないか。折角高知まで行くんだ。観光でもして帰ろうかな、と思ってたし、桐生さえよければ一緒に……」

「……高知か……」

暫《しば》しの沈黙のあと桐生はぼそりと呟くと、

「悪くないな」

そう言い、僕に向かって惚《ほ》れ惚《ぼ》れするような微笑を返してくれた。

「……じゃあ？」

つられて笑い、彼を見上げた僕に、

「喜んでご一緒させて頂こう」

桐生は囁《ささや》くようにそう言うと僕の唇を塞《ふさ》いだ。触れるようなキスが次第に熱を帯びた激しいものになってゆく。慌ててそのくちづけから逃れようとする僕の身体を、唇を塞いだまま押さえつけながら、桐生は再び僕の脚を持ち上げて、後ろに勃ちきったそれを捻《ね》じ込もうとした。

「……っ……だからっ……」

覆い被《かぶ》さる桐生の胸を力一杯押し上げ、「なんだよ」と不満そうな顔をした彼に向かい、僕は、

「週末の分は週末にしようって……っ」

そう言いかけたのだったが、

「今日できることは今日やるのが俺《おれ》のモットーだ」

ふざけた口調で言う彼にそのまま押さえ込まれ、無理やり奥まで突き上げられてしまった。

「……っ」

意思に反して僕のそこはその熱さを待ちわびていたかのように激しく収縮して彼の雄を締めつける。互いの腹に擦られ僕自身も次第に硬さを取り戻しつつあった。

「……お前の『限界』は俺のほうがよく知ってるよ」

激しい動きを止めず、にやりと笑って僕を見下ろす桐生に、明日休めって言うのかよ、と言い返したくても口を開く余裕もなく、僕は上がる息を抑え込むように彼の肩へと顔を埋《うず》め、その背に力一杯しがみついて、本当の『限界』に己を追い込む彼の行為に溺《おぼ》れ込んでいった。


まさに『瓢箪《ひょうたん》から駒《こま》』で実現することになった桐生との初旅行――ほとんど口からでまかせに近い状態で言い出してしまった彼との高知行きだったのだけれど、週末が近づくにつれ、自然と心が弾んできてしまうのを抑えることができなかった。

彼が退院して以来、僕はほとんど毎日のように桐生の家に入り浸っていたのだが、いくら一緒に過ごす時間が増えたとはいえ、『旅行』はやっぱり別物だった。

「何処でもやることは一緒じゃないか」

桐生はそんな僕に呆《あき》れた視線を向けていたが――はっきりいってそれもどうかと思うが――僕は本来の目的である結婚式に出るための式服を寮から持ってくるのをぎりぎりまで忘れてしまっていたほど、桐生との『初旅行』を楽しみにしていた。

桐生も口では色々言ってはいたが、やはり楽しみにしてくれているのか、インターネットで高知の今の気候を調べたりしている。ホテルもチケットも結局桐生が予約《とっ》てくれたので、僕は一緒に行こうと誘ってくれた大学時代の友人と、ホテルを用意すると言ってくれていた花婿にそれぞれ断りの電話を入れ、週末の彼との旅行に備えて――万が一にも休日出勤の憂き目になどあわないように――身を入れて一週間仕事に励んだ。

何か先に楽しみが待っていると思うとやる気も出るというものだ。普段よりも仕事の効率があがっていた自分の現金さに苦笑しつつも、僕は漸く訪れた週末に自然と綻《ほころ》んでしまう顔を引き締め、桐生の運転する車で羽田《はねだ》空港へと向かった。

高知行きのJALに乗り込み、桐生と二人並んで最後部に近い窓側の席に腰掛けた。なんだか彼と膝《ひざ》が触れあうくらいのこんな近い距離で並んで座っていると、妙な照れくささを感じてしまう。と、桐生が前から「毛布のご入用はありませんか」と笑顔で近づいてきた客室乗務員に手を上げ、毛布を受け取ったあと「もう一枚」と僕のほうを示した。

「失礼致しました」

笑顔で僕にも毛布を渡してくれた彼女に、別にいらないんだけど、と返そうとするのを桐生が手で制する。

「え？」

なんだよ、と彼に目を向けると、

「まあいいから」

桐生は涼しい顔をして自分の膝の上で毛布を広げ「ほら」と僕にも毛布を広げさせ、何がなんだかわからないままに言われたとおりに毛布で足を覆った僕の横で機内誌を読み始めた。

一泊二日だからか桐生はほとんど「旅装」らしい服装をしていない。ふらりとその辺に出かけるような――といっても、そこは桐生のことだから、未《いま》だに学生のようにジーンズにシャツ、という僕とは違い、薄手のジャケットに茶系のパンツという、カジュアルな格好をしているのだが、何処がどうというわけでもないのにやけに人目を引くような気がする。

単なる僕の惚れた欲目かな、などと馬鹿《ばか》げたことを考えながら、僕も桐生に倣って前の座席のポケットから機内誌を取り出そうとしたとき、

「……？」

太腿にやけに温かな感触を得て、まさか、と僕は隣に座る桐生を睨《にら》んだ。いつの間にか読んでいた機内誌を膝の上におき、目を閉じている彼は眠っているようだが、その右手は膝の

上に広げた毛布の中にさりげなく入っており、その手の先が、僕に無理に広げさせた毛布の下で僕の太腿を摑んでいる――ようなのだ。

「桐生」

小さな声でそう非難の声を上げると、彼は片目だけぱちりと開いてみせ、

「なに？」

やはり小さな声で答えながら、その手を僕の内腿へと滑らせてきた。

「……おい」

そのままやんわりとジーンズの上から握られてしまい、僕は慌てて毛布の上から彼の腕を摑もうとした。

「周りに気づかれるだろ」

低い声で桐生が咎《とが》めるように囁いてきたとき、飛行機が離陸に向けて動き出した。

「……なに考えてるんだよ」

それほど機内は混《こ》んではいないが、それでも前にも、通路を挟んだ二つ先の座席にも乗客は座っているのである。桐生は唇の端だけを上げて微笑《ほほえ》んでみせると、再び目を閉じ、シートの上で眠ろうとするかのように少し身体をこちらへと寄せてきた。同時に毛布の中の彼の手が僕のジーンズのファスナーを下ろし、そこから引っ張り出した僕自身をぎゅっと握り込む。

「……っ」

僕は呆れるやら恥ずかしいやらで、紅潮してきてしまった顔を伏せ、寝たふりをしながら毛布の上から桐生の手を押さえたが、桐生はそんな柔な制止などまったく無視して握った僕の先端を親指の腹で擦り始めた。びく、と僕の身体は人にわかるくらいに座席の上で震えてしまい、そうさせた張本人の桐生が横の座席でくす、と笑った。

「やめろよ……」

飛行機はいよいよ離陸するのか轟音《ごうおん》を立てながら滑走路を疾走し始める。

「……毛布、もっと上げておけよ」

桐生はそう囁き返すと、ぎゅっと僕を握り締め先端を執拗に擦り続けた。軽くG（重力）が身体にかかり、離陸をしたという放送が入る。が、僕はそんなアナウンスに注意を向けることができないくらいに、桐生の手によって昂《たか》まりつつある自身の熱を冷まそうと、必死になって意識を散らせていた。

竿《さお》を扱《しご》く彼の手の動きが滑らかになっているのは先走りの液が零《こぼ》れているためなんだろう。僕は目を閉じたまま大きく息を吸い、静かに吐き出して、気を抜けば達しそうになる己を一生懸命落ち着かせようとしていた。

桐生にも一分の良心は残っているのか、いよいよ駄目か、と思うところではインターバルをとるようにその手を休める。ほっと僕が安堵《あんど》の息をつくと、桐生はくすりと笑ってまた僕を握り直してくる、という繰り返しが延々続いた。

上がりそうになる息を抑え、漏れそうになる声を押し殺して、ともすればずり落ちそうになる毛布を引っ張り上げながら、結局僕は桐生の悪戯《いたずら》なこの行為に航空時間の一時間をほぼ翻弄《ほんろう》され続けることになった。

間もなく着陸態勢にはいる、というアナウンスが聞こえると漸く桐生は僕を放した。毛布から手を引き抜きながら、まるで今目覚めたかのようなふりをして、僕に話しかけてくる。

「そろそろ着くな」

「…………」

僕は無言でそんな彼を睨みつけ、まるで生殺しのような彼の愛撫《あいぶ》をうけた自身をどうやってジーンズに仕舞い込むか、そんな馬鹿げたことに頭を悩まさなければならないこの現実に大きく溜め息をついたのだった。

「拗《す》ねるなよ、悪かったって」

頭にきたあまり、掴まれた腕を振り切って空港内を早足で歩いていく僕の後ろから、桐生が声をかけてくる。『悪かった』と言いながら笑いすら含んでいるその声に、流石の僕もカチンときた。

「拗ねてるんじゃない。怒ってるんだ」

くるりと振り返り彼を睨みつけると、再び踵《きびす》を返し到着口目指して歩き始める。

「悪かったよ。初旅行だろ、ちょっとはしゃいでしまったんだよ」

桐生はすぐ後ろまで歩み寄ってくると、僕の腕を摑んでそう囁きかけてきた。

「……はしゃぎすぎだよ」

『初旅行』――確かにそうなのだ。せっかく桐生とこうして東京を遠く離れて二人で『旅行』に来たというのに、いつまでも喧嘩状態でいるのもよくないな、と僕は一瞬にしてそう考え、溜め息をつきながら桐生のほうを振り返った。

「これからどうする？」

レンタカーを借りる手はずは整っているけど、とやはり反省の色など微塵《みじん》も見えない桐生が、それでも振り返った僕にどこかほっとしたような顔で微笑み、行き先を尋ねてきた。

「……とりあえずホテルに向かおうか」

空港から車で三十分くらいだという新阪急ホテルが結婚式場だった。桐生が予約してくれたのはそのすぐ近くのワシントンホテルらしい。

「式は？　何時からだ？」

「四時半……。披露宴は六時」

今はちょうど十二時過ぎだった。ホテルについて三時間くらい時間がある。

「ふうん」

桐生がにやりと笑った。まずホテル、と言った僕の言葉の裏に——飛行機の中で悪戯され続けた僕が『生殺し』の状態にもう我慢できなくなっているということに気づいたんだろう。

「なんだよ」

羞恥《しゅうち》を押し殺し彼の、微妙にいやらしい笑みを浮かべる顔を睨みつける。

「やっぱりどこでもやることは一緒じゃないか」

「誰のせいだと思ってるんだよ」

桐生は僕の肩を抱くと、僕の抗議の声など聞こえぬように、こっちだ、と促した。まったく、と溜め息をつきながらも僕が桐生とともにレンタカーの表示のほうへと歩き始めたそのとき、

「長瀬《ながせ》？」

不意に後ろから声をかけられ、僕は驚いて声のしたほうを振り返った。

「なんだ、同じ飛行機だったんだな」

後ろで僕と同じように式服を下げて微笑んでいたのは、今日「一緒に行こう」と誘ってくれた大学時代の友人で牧野《まきの》といった。

東京から出席するのは、この牧野と金子《かねこ》、主賓の教授、そして僕の四人と聞いている。ゼ

ミ仲間ではもうひとり、関西に住んでる須藤《すどう》も呼ばれているらしいが、就職したばかりの頃は頻繁に行き来していた彼らとも、このところ会社も、そしてプライベートも何だか忙しくてずっとご無沙汰《ぶさた》となってしまっていた。

久々に昔の仲間と会えるのも楽しみだと思っていたが、こんな痴話喧嘩《ちわげんか》めいたところを後ろから見られたとなると話は別だ。

「牧野！」

僕は引きつった笑いを浮かべると、

「久しぶり」

近づいてきた友に片手を上げながら、まさか機内の様子は見られていないよな、と彼の表情を窺った。

「ほんと、久しぶりだよな。勤め先も近所なのによ」

牧野はそんな僕の視線にはまったく気づくことなく、普段の付き合いの悪さを責める口調で——僕以外の、今日結婚式に出席する面子《メンツ》は今でも月いちくらいで集まっているらしい。勿論《もちろん》関西の須藤は別だが——軽く睨む真似をしたあと、僕の肩のあたりを叩《たた》き、明るく笑った。

「元気そうじゃないか」

途端に傍らで生じた不穏な空気を感じ、僕はちらっと桐生のほうへと視線を向ける。牧野も、誰、というように桐生を目で示し、再び顔を覗《のぞ》き込んできた。

「ああ、紹介するよ。友人の桐生。桐生、大学のゼミの友人の牧野」

僕は牧野と桐生をかわるがわるに見ながら紹介の労を執った。桐生も背が高いが牧野も同じ位背が高い。僕だって決して低いわけじゃないんだが——百七十六、というのは低くはないと思う——百八十を越す二人が目の前で、

「こんにちは」

「どうも」

とまるで睨み合うように目を合わせている姿は流石に壮観だった。

「なんか凄味《すごみ》ある男だな」

ぼそ、と耳元に牧野が囁いてくるのに、大学時代あれだけ周囲に『凄味』をきかせて遊びまくっていたお前がなんだよ、と僕は思わず吹き出してしまったのだが、

「行くぞ」

という桐生の不機嫌な声に、たちまちその笑いも引っ込んだ。牧野も敏感に空気を読んだようだ。

「それじゃ、またあとで。四時半だったよな？」

僕に笑いかけると桐生に軽く会釈し、僕たちを追い越して出口に向かって行ってしまった。

「ああ、またな」

その背中に声をかけたあと、僕は不機嫌オーラを発している桐生のほうを振り返る。

「四時半、な」

桐生は笑いもせずにそう言うと、乱暴なくらいの強さで僕の肩を抱き、レンタカーの表示へと向かって歩き始めた。

「あ、昼飯、どうする？」

桐生の沈黙が怖くて、僕は我ながらわざとらしい明るい口調で、彼に尋ねかけてみた。

「四時半だろ。食ってる時間が惜しいよ」

桐生はそう言うと、え、と彼を見上げた僕の顔を見て漸くにやりと笑い、肩を抱く手にぎゅっと力を込めた。

「大丈夫。座っていられるくらいには手加減してやるよ」

「……え、遠慮するよ」

彼の意図を察し、冗談じゃないと慌てて答える僕の声など聞く耳持たぬように、

「十二時からチェックインできるそうだからな。高知の結婚式は『皿鉢《さわち》料理』っていう珍しい様式らしいじゃないか。飯はそれまで我慢しておけ」

桐生は先ほどとはうってかわった上機嫌な声でそう言うと、最後に何とも恐ろしいことを言い足した。

「ま、食う気力が残っていればな」

「……桐生……」

唖然として立ち尽くしそうになる僕の背を「急ごうぜ」と桐生はどやしつけ、僕は何とか彼の「やる気」を削《そ》ぐ手段はないものかと必死に頭を巡らせながら、早くしろよと僕をせかす彼とともにホテルへと向かうことになった。

2

ホテルの部屋に入った途端、僕は桐生に抱き締められた。

「……おい」

式服をせめてハンガーにかけたくて、彼の手を逃れようとした僕の唇を桐生は嚙《か》み付くような勢いで塞ぎながら、背中に回した手で僕のシャツをTシャツごと捲《まく》りあげ、裸の背を撫《な》で回し始めた。

「桐生……」

押し当てられた彼の下肢が熱い。機内で散々弄《いじ》られ続けた僕自身も既に熱く硬くなっていた。そのまま入り口に近いほうのベッドに押し倒され、あっという間に全裸に剝《む》かれる。まだ明るい室内で勃ちきった自身を晒《さら》している自分がとてつもなく淫蕩《いんとう》に思え、少しも乱れぬ着衣のまま僕を見下ろす桐生の視線から逃れようとベッドの上で身体を捩《よじ》ると、僕に圧し掛かってきた桐生が、両肩を摑んでシーツの上に押さえつけ、僕の動きを制した。

「よく見せてくれよ」

「……見るなよ」

言いながら僕は桐生のシャツのボタンを外そうと両手を上に伸ばす。

「待ちきれない、か」

くす、と桐生は笑い、僕の肩から手を離すと、漸くジャケットを脱ぎだした。その間に僕は彼のベルトを外し、ファスナーへと手をかける。

「積極的じゃないか」

積極的、というよりはひとり服を着ていない今の状況が恥ずかしかったからなのだが、桐生の均整のとれた見事な裸体を、久々に明るい陽《ひ》の光の中で見ているうちに、それこそ僕は我慢ができなくなってきてしまった。

覆い被さってくる彼の背を『積極的に』抱き寄せ、両脚も彼の腰にかけて、痛いほどに猛《たけ》る自身を桐生の腹に摺《す》り寄せてゆく。

「嫌がってたんじゃないのか」

何処までも意地悪な桐生はそう笑うと、僕の尻《しり》を摑んでぐい、と自分のほうへと持ち上げ、彼の雄と僕のそれを擦り合わせるように僕の身体を動かした。

「……っ」

それだけで達しそうになるくらい、追い詰められていた僕は更に強い力で桐生の背にしがみつく。

「飛ばしすぎだろう」

口調はあきれていたが、桐生もひどく昂まっているのは、いつもよりも性急なその動きからも見て取れた。僕を一度扱き上げ、先走りの液で指を濡《ぬ》らし、そのままその手を後ろへと滑らせると、既に彼を待ち侘《わ》びてひくついていたそこに指を挿入させてくる。

「……ぁっ」

軽くかき回されただけなのに、僕は自分でも驚くほどに身体を震わせ、抑えきれずに声を漏らした。桐生の指を追いかけるようにして締め付ける自身の内壁の動きに戸惑いながらもそれに反応し達しそうになるのを堪《こら》えることに精一杯で、羞恥を覚える暇がない。

「そんなに誘うなよ」

それどころか僕は、桐生が苦笑し身体を離そうとするのを、その背を抱き締めて引き止めようとすらしてしまっていた。

「待てって」

桐生は僕の腕を背から外させると一旦《いったん》身体を離し、両脚を摑んで大きく開かせた。そしてその脚を両肩で担ぐと両手で双丘《そうきゅう》を割り、音を立ててそこをしゃぶり始めた。

「……やっ……」

彼の熱い唇が、舌が僕の後ろを攻め立てる。硬い舌の先端がそこへと捻じ込まれ、周辺を嚙まれるように愛撫されるともう僕は耐え切れず、低く彼の名を叫んだ。

「きりゅうっ」

「…どうしてほしい？」

桐生が顔を上げ、限界が近いことを伝えようとした僕に向かって笑いかけてくる。

「……どう……？」

彼を見返すときにびくびくと震える自身が目に入るのがとてつもなく恥ずかしい。

「言えよ。入れてほしいか、口でしてほしいか、それとも……」

にや、と笑いながら桐生はまた後ろを音を立てて舐《な》め上げる。

「んっ……」

その刺激に耐えられず、身体を捩ろうとする僕の動きを制すると、桐生は再びそこから顔を上げ、顔を見上げてきた。

「このまま続けてほしいのか。どうしてほしいか、ちゃんと言ってみろよ」

「な……っ」

あまりに悪趣味な要請に僕は絶句し「どうする？」と首を傾《かし》げて笑う彼の顔を睨み下ろしてしまったのだったが、僕の答えを待つようにぺろりと舌を出し、わざと僕に見えるように脚の付け根を舐め始めた彼を見ているうちに、もう我慢ができなくなってしまった。

「桐生……っ」

思わず名を叫び、顔を上げる。

「……どうしたい？」

見惚《みと》れるほどのその笑顔――彼の端正というにはあまりある美貌《びぼう》を前に、羞恥の心が薄れてゆく。

「入れて……くれよ」

言いながら僕は、その言葉に自身が更に昂まってゆくのを感じていた。

「聞こえない」

また意地悪を言い笑いはしたが桐生は身体を起こし、彼の肩にある僕の脚を外させると再び僕へと覆いかぶさり、微笑みながら唇を寄せてきた。

「……どうしたい？」

「……入れて……ほしい」

そんな彼の背を僕は力一杯抱き締める。

「わかった」

くす、と笑って桐生は軽く唇を合わせると、勃ちきったそれを後ろへと捻じ込んできた。

「……っ」

待ち侘びたそれが僕の中に入ってくる。思わず上がりそうになる声を呑《の》み込む僕に、桐生は奥まで勢いよく突き上げるようにして腰を動かしながら、

「我慢するなよ」

と僕の髪をかきあげ、唇を頬《ほお》に、瞼《まぶた》に軽く落とし始めた。

「……きりゅ……っ」

僕はより奥まで彼を感じようと自分でも彼の動きに合わせるように腰をぶつけていった。

桐生の動きも更に激しくなり、その背がうっすらと汗ばんでくる。耳元で聞こえる彼の息づかいも荒くなってきて、それが僕の興奮を煽《あお》り、僕は両手両脚で彼の背にしがみつきながら、堪えきれずに先に達し、続いて僕の中にその精を吐き出した彼を見上げた。

「……なに？」

荒い息の下、桐生が僕を見下ろし微笑んでくる。

「キス……」

してくれよ、と口に出してしまった途端、羞恥が蘇《よみがえ》ってきた。最後まで言えずに口籠《くちごも》った僕に、桐生は、

「わかった」

そう笑うと、いつになく優しい仕草で唇を塞ぎ、その指で僕の髪をかきまぜてくれたのだった。

入れたままもう一回しよう、という彼の言葉に乗ったくらいまでは、僕も彼との行為を楽

しんでいた。が、二度目に達したあとも僕の身体を離そうとせず、後ろから抱き込んだまま、またも僕自身を弄り始めた彼にはさすがについていけず、彼の手から逃れようと身体を捩り、顔を見上げた。

「もう……」

「もう？」

問い返しながら桐生が唇を塞いでくる。呼吸する間がないくらいの激しいくちづけと、胸を、雄を弄り続ける手の動きに僕は、

「きりゅっ……」

殆《ほとん》ど悲鳴に近い声を上げて手足をばたつかせ、自分を抱き締める彼の腕を解かせようと必死になった。

「どうした？」

桐生は少しもその手を休めず、逆に体重をかけるようにして僕の身体を胸の下に押さえ込むと、不気味なくらいに優しい口調で耳元に囁いてくる。

「……もうっ……」

擦られる胸の突起は痛みすら覚えはじめていた。身体が自由にならないことへの苛立《いらだ》ちと、執拗に繰り返される愛撫に思考力を奪われて、僕は自分でも知らぬ間にぼろぼろと涙を零してしまっていたらしい。

「おい」

驚いたような桐生の声がして、身体が急に軽くなった。

「どうした？」

僕の身体を離した桐生が両手を頭の脇に付いて、顔を見下ろしてくる。

「え？」

問われて初めて、僕は自分が泣いていることに気づいた。答える声も涙に震えてしまっている。

「泣くなよ」

桐生の唇が僕の目元に触れる。涙の痕《あと》を伝うようにその唇は優しく目尻から耳の方へと落とされてゆく。

「……泣かないでくれよ」

囁かれた言葉に、なぜかまた急に涙が込み上げて来た。

「桐生」

僕は両手を伸ばして彼の背中をぎゅっと抱き締め、自分の方へと引き寄せた。

「なに？」

桐生は僕の頬に、瞼に、唇に、軽いキスを落とし続け、囁くような声で答えてくれる。

「桐生……」

呼びかけてはいたが、僕は彼に何を言いたいのか、実は自分でもよくわかっていなかった。彼の唇の優しさに、圧し掛かられた身体の重さに、抱き締めてくれる腕の力強さに、言葉にできない、なんというか——幸福感、としかいいようのない気持ちが不意に胸に込み上げてきてしまい、僕はただ彼の名を繰り返し呼びながら、その背をぎゅっと抱き締め続けた。

「……泣くなよ」

桐生の声が笑っている。ぺろ、とふざけて頬を舐められたのに僕は顔を上げ、彼と目を合わせて笑った。

「犬みたいだ」

と言う僕に、

「失敬な」

桐生は笑いながら、またぺろりと僕の頬を舐める。

「やめろよ」

くすぐったい、と笑う僕を抱き締め、桐生は寝返りを打つようにして僕と身体を入れ替えると、仰向けに寝て僕をその上へと導いた。

「……なに？」

無言で僕を見上げる彼に、身体を落としていきながら僕は問い掛ける。

「……どうしたい？」

桐生はそう言うと片手で僕の背を抱き寄せ、もう片方の手で髪を梳《す》いてきた。

「…………」

僕は暫《しばら》くそんな彼の顔を見下ろしてたが、やがてゆっくりと顔を桐生の顔に近づけ、唇を塞いだ。桐生は唇を開いて僕のくちづけを受け止め、背をぎゅっと抱き締めてくれる。

次第に激しくなってゆくくちづけに自身が昂まるのを抑えられなくて、僕は桐生のそれに自分のそれを擦りつけるように身体を動かし、彼の腕がその行為に応《こた》えてくれるのを待った。すぐに察した桐生が僕の身体を持ち上げるようにして自身をそこへと埋め込もうとする。

「……あっ」

小さく声を上げると、桐生はくすりと笑って、

「泣いたり喘《あえ》いだり……ほんとにお前は忙しい」

そんな意地悪を言いながら、ぐい、と奥まで突いてきた。おかえしに僕はさっき彼にされたようにぺろりと頬を舐めてやる。

「やめろよ」

笑いながら桐生が尚《なお》も激しく突き上げた。

「……っ」

僕は声にならない叫びを上げ、彼の動きに合わせて彼の上で自分も激しく動き始めた。桐生の手が何度目かの絶頂を迎えつつある僕自身へと伸びてくる。激しい突き上げとその手で

与えられる刺激に意識を飛ばしそうになりながら、僕は彼の唇を求めて覆い被さり、互いに達するまで貪《むさぼ》るように唇を合わせ続けた。


「……？」

少し眠ってしまっていたらしい。頬を撫でる指の感触に意識を戻し、僕はうっすらと目を開いた。

「寝ていればいい。時間になったら起こしてやる」

桐生が僕の頬を指で撫でながら耳元に囁いてくる。

「……ん」

寝ぼけているのか、きちんと返事ができない。頷いたあと僕は桐生に甘えるように彼の胸へと頭を寄せ、胸の鼓動を聞こうとした。桐生はそんな僕の背を抱き寄せると、再び頬へとその指を滑らせる。

彼が涙の痕を辿《たど》っているのだ、ということに暫くして僕は気が付いた。

「桐生……」

再び薄く目を開き、彼の名を呼ぶと、

「ん？」

桐生が僕の声を聞くために口元へと耳を寄せてくる。

「……好きだ」

寄せ来る睡魔に引き込まれてしまったために、言葉にできたかどうかはわからなかった。

そのまま僕は彼の胸へと身体を寄せ、彼の唇を頬に感じながら本格的に眠りの世界へとおちこんでいってしまったようだった。


言葉どおり桐生は四時十分前に僕を叩き起こしてくれた。慌ててシャワーを浴びに行こうとして、あまりの身体のだるさに僕は一人大きく溜め息をついた。

「……共同責任だと思うが？」

一足先にシャワーを浴びたらしい桐生がにやりと笑って顔を覗き込んでくる。

「確かに」

認めたくはないけどね、とぼそりと言うと、可愛《かわい》くないな、と桐生は僕の頭を小突いた。

シャワーを浴びながら髭《ひげ》を剃《そ》り、持ってきた式服を身につける。最後にこれを着たのは部長のご母堂の葬式の手伝いだった。

結婚式でこれを着たことは、と考え、親しい友人の結婚式に出るのは今回が初めてだということに今更のように僕は気づいた。

あいつも――坂本《さかもと》ももう結婚か――鏡の中の疲れているような自分の顔にうんざりしつつ、白ネクタイを締めながら、僕は学生時代散々遊んだ彼の顔を思い出し一人感慨に耽《ふけ》っていたのだが、いつのまにか背後に近づいてきた桐生にいきなりきつく抱き締められて、一気にその感慨から呼び覚まされた。慌ててその手を振り解《ほど》き彼の方を振り返る。

「なに？」

「……壮絶に色っぽいな」

桐生はそんなふざけたことを囁くと、尚も強い力で僕の身体を抱き締め、唇を寄せてきた。

「……なに言ってるんだ」

既に出なければならない時間だというのに、桐生は無理やり唇を塞いだあと、

「部屋から出したくないな」

冗談とは思えない口調でそう言い、僕を見下ろしてくる。

「……桐生？」

スタンドの明かりを反射して彼の瞳《ひとみ》がやけに輝いて見えた。一体彼が何を言いたいのか少しもわからず、僕は無言でそんな彼の顔を見上げる。と、その瞳の光がすうっと消え――それは桐生が苦笑しその目を細めたせいだったのだけど――桐生は僕の身体を離すと、肩を叩

いた。

「冗談だ」

「……じゃ、行って来るよ」

僕は何と答えていいのかわからず、それだけ言うと祝儀袋やハンカチを荷物の中から取り出し、財布と一緒にポケットに入れて、部屋を出ようとした。

「送ろう。歩きは辛《つら》いだろう」

桐生がテーブルの上から部屋のキーを取り上げ、あとに続こうとする。

「いいよ。歩いて十分もかからないらしいから」

「いいから」

固辞する僕の腕に手を回し、桐生も一緒に部屋を出た。

エレベーターを待つときも、中に乗り込むときもなぜか僕たちは互いに無言だった。ボーイに車を取りに行かせている間、沈黙に耐えかねた僕は、桐生に夕食はどうするのかを尋ねたが、適当に済ますから気にするな、と言われて会話のきっかけをまた失ってしまった。

「なあ」

暫しの沈黙のあと、桐生が徐《おもむろ》に口を開いた。

「なに？」

尋ね返すと、僕のほうを見もせずに、変なことを聞いてきた。

「あの牧野って奴……何者だ？」

「何者って……ゼミの友達だけど？」

答えながら、そう言う意味じゃないのかな、と僕は考え、彼の勤め先を答えてみる。

「三友銀行の本社勤務だよ」

「ふうん」

桐生は興味なさそうな顔で頷いたきり、それ以上は何も言わなかった。丁度ボーイが車を駐車場から回してきてくれ、僕たちはそれに乗り込み結婚式場のある新阪急ホテルへと向かった。

「ホテルを出るときに電話してくれ」

エントランスで車を停めると、桐生がそんなことを言い出した。

おそらく迎えにきてくれるという意味なんだろうと察し、僕は首を横に振り彼の申し出を退けた。

「いいよ。一人で帰れる」

送り迎えつきなんて何処のお嬢様かと思う扱いだと思ったからだ。と、桐生は車を降りようとする僕の腕を摑むと、え？　と振り返った僕を自分の方へと引き寄せ、素早く唇を重ねた。

「な……っ」

すぐ前にはベルボーイが立っているというのに、見られたらどうするんだ――既に見られていたみたいだけれど――と僕は慌てて彼から離れると、「じゃ、またあとで」と車を降りた。

「ああ、またな」

桐生はらしくないくらいにあっさり引くと、それでも電話しろよ、と念押しするのは忘れず、そのまま車を発進させた。僕は暫くぼんやりと彼の車の尾灯を眺めていたが、遅れる、と我に返って慌ててホテルの入り口をくぐり、エレベーターに直行した。

式はホテルの屋上にある教会でつつがなく執り行われた。畏《かしこ》まった顔をしている坂本に笑っていたのも最初のうちだけで、花嫁の入場のときに、一緒に入場してきた花嫁の父が泣いているのに思わず貰《もら》い泣きしそうになってしまった。

七三分けにされた坂本の顔も指輪の交換、誓いのキスと式が進むにつれ、なんだか凜々《りり》しくさえ見えてくるのが不思議だ。生まれて初めてといっていいくらいに賛美歌を歌い、祈りを捧《ささ》げているうちに、なんだか僕まで感動してきてしまったのだったが、並んで座った須藤や金子も涙ぐんでいたのに思わず笑ってしまった。

坂本はもともと東京の、僕とは競合の商社に勤めていたのだが、このたび実家を継ぐとのことで――かなり大きな服飾の卸をしている会社らしい――今月末で退職し、高知に戻ることになっていた。

地元名士のお嬢さんだという花嫁は弱冠二十二歳だという。瞳の大きな可愛い子で、今日のこの日が嬉《うれ》しくて嬉しくて仕方がないというように最初から最後までにこにこしていた。

式のあと坂本は親族紹介、写真撮影と慌しいスケジュールだったようで、僕たちに「ありがとな」と声をかけ慌てて式場係りのあとについて走っていった。僕たちはそれから披露宴までの間、主賓として呼ばれたゼミの教授の相手をして過ごし——『共同責任』のおかげで僕は立っているのもキツいくらいだったのだが、教授の前では座るわけにはいかなかった——漸く時間になって、噂《うわさ》の高知の披露宴会場へと向かった。

まず驚いたのは、式場内のテーブルが中華料理店の円卓のようだったことだ。その上に刺身の盛り合わせやらそうめんやら、オードブルやら肉料理やら——和洋中、様々な料理が並べられていた。

バイキングのようにここから自分で自分の皿へと取り分けるのだ、と教えてくれたのは、坂本が気を利かせて僕たちと同じテーブルにしてくれた、花嫁の高校時代の同級生の女の子達だった。といっても、彼女たちは学生時代と全く同じように牧野一人にもってかれてしまった様子で、「座席の配置も考えてほしいよなあ」と僕の横で金子がぼそりと囁いてきたのには笑ってしまった。

ビールが一人一本、日本酒が一人一合、強制的に配られるのにも驚いた。ウエディング姿の可愛い花嫁がお色直しに消えるころには宴もたけなわになっていて、皆こぞって花婿に酒を飲ませに行ったり、周辺のテーブルにお酌に行ったりする、まるで宴会のような光景が繰り広げられていった。

お色直しは二回、キャンドルサービスもなんだか派手派手しかったが、花嫁も花婿も幸せそうなので、それもよしかな、と東京から来た僕たちはそう囁き合った。ラスト、花束贈呈のとき、殆ど号泣せんばかりだった花嫁の父に、随分酒を飲んでいた僕はまたも、もらい泣きしそうになった。

神妙な顔をしている坂本の顔を見ているうちに、なんだか僕は酷《ひど》く感動してしまって目頭を押さえたのだが、横を見ると金子も須藤も赤い目をしていたので、僕は、なんだ、僕だけじゃないのかと安心し、無理に涙を堪えるのをやめた。

と、いきなり横から手が伸びてきて頬を流れる涙を拭《ぬぐ》ってくれたものだから、僕は驚いてその手の主を——牧野を見やった。

「感動的だね」

牧野がそう言って僕に、にこりと微笑みかけてくる。

「……ほんとに」

答える僕の横から、須藤が半泣きの声を出した。

「ほんま、なんかええなあ」

「ええなあ」

みんなでふざけて関西弁を使いながら、やっぱり泣きそうになっている坂本に向かって「おめでとう」「幸せにな」と大声でエールを送ってやったのだった。

式の最後にはお約束の「陸の王者」を歌い、披露宴はお開きとなった。

「二次会、ホテルのバーでやるんだ。出てくれよ」

全然話せなかったし、と坂本に言われ、酔いも身体のだるさもピークに達してはいたが、最初くらいは顔を出そうと僕はふらふらしながら皆のあとについて最上階に近いバーへと向かった。

「なんか感動したよな」

金子が興奮気味に騒いでいる。彼も随分飲んでいたし、やはり友人の結婚式に出たのは初めてだと言っていたから、僕と同じような気持ちを抱いたんだろう。

「ほんま、ええ結婚式やったなあ」

須藤もそう相槌《あいづち》を打ち、

「俺の結婚式のときも、みんな来たってや」

いつになるかはわからんけどな、と大きな声で笑った。そのうちに坂本もやってきて自慢の新妻を散々見せびらかせてくれたものだから、僕たちは坂本の学生時代の『恥ずかしい話』を彼の制止も聞かずに花嫁の前で暴露したりして、静かなバーで散々騒ぎまくった。

花嫁は僕たちがどんな話をしても、にこにこと笑いながら、時折坂本の顔を覗き込んで、

「そうなんだ」などと可愛く相槌を打っている。

「やっぱええなあ」

感極まったような須藤の声にどっと周りが沸き、本当に坂本が、そして花嫁が幸せそうでよかった、と僕はしみじみとそんな彼らを眺め、自分までその幸せのお裾《すそ》分《わ》けを受けているようないい気持ちになっていた。

ふと時計を見るともうすぐ十二時を回ろうとしている。不意に僕の頭に桐生の顔が浮かんだ。

しまった、と僕が慌てて立ち上がるのを、

「どうした？」

隣に座っていた牧野が驚いたように見上げてくる。

「ごめん、そろそろ帰るわ」

「帰る？」

須藤がそう問い掛けたのは、僕が他のホテルに泊まっているのを知らなかったからだった。

「なんだ、お前、コレが待ってるってか？」

金子が小指を立てて聞いてきたので、

「違うよ」

僕は笑って答えると、それじゃ、また東京で、と彼らとそれぞれ握手をし、他のテーブル

で盛り上がっていた坂本に「おめでとう」と最後に声をかけ、

「なんだ、長瀬、アヤシイぞ」

「次は長瀬か？」

などと好き勝手なことを言う友人に手を振ってそのままふらふらと一人バーを後にした。

エレベーターを一人で待っていると、

「長瀬」

後ろから声をかけられ、振り返るとそこには牧野が立っていた。

「ああ、なに？」

丁度そのときエレベーターが到着し、牧野は僕を押し込むようにして一緒に乗り込んでくると一階のボタンを押した。

「俺もそろそろ部屋に戻るわ」

そう言い牧野は笑うと、ふらふらしている僕に手を差し伸べ「大丈夫か？」と顔を覗き込んできた。

「大丈夫、大丈夫」

少し飲みすぎたかもしれない、と思いつつも、エレベーターが一階に到着したので僕は外へと歩み出る。

「ホテル、何処だっけ？」

心配そうな顔をした牧野が僕の背中に腕を回し、ふらつく僕を支えてくれた。

「ワシントン」

一人で歩けるよ、と僕は笑い彼の手を離れようとしたのだが、牧野は益々《ますます》その手に力を込めると、僕の顔を覗き込んできた。

「俺の部屋で休んでいかないか？」

「休んだら朝まで寝ちゃうよ」

あはは、と僕はまた笑うと彼の手を擦り抜け、そのままロビーをつっきろうとして——あまりにも見覚えのある顔をロビーのソファに見出《みいだ》し、驚いたあまり大きな声でその名を叫んだ。

「桐生！」

「……電話しろって言っただろ」

桐生はゆっくりと立ち上がり、不機嫌な声でそう言いながら僕の方へと歩み寄ってくる。後ろでかすかな舌打ちの音を聞き、え、と振り返ると牧野が僕に向かって肩を竦《すく》めるような仕草をしてみせた。

「なに？」

わけがわからず問い返すと、牧野は「いや」と苦笑した。

「それじゃ、また東京で」

僕に手を上げ、桐生に向かって会釈すると牧野は踵を返し、エレベーターのほうへ戻っていった。

「ふざけた真似、しやがって」

押し殺した声で呟く桐生に「え？」と視線を向けると、なんでもない、と桐生は僕の背に腕を回し、

「飲みすぎだろう」

咎めるような口調で囁くと、ふらつく僕を支えるようにしてホテルの出入り口へと向かったのだった。

車の中で僕は眠り込んでしまったらしい。身体を揺すり起こされて、意識が半分ないような状態で部屋へと戻ると、どさりとベッドに寝転んだ。

「服、脱いどけよ」

桐生は無理やり僕を起こし、式服を脱がせると、さっき使った方じゃないベッドに僕を寝かせてくれた。同じベッドにもぐりこんでくる桐生の胸の温かさを求め、僕は寝返りを打ち、彼の胸に身体を預けるようにして丸くなる。

「……ほんとにもう……飲みすぎだろう」

呆れたような桐生の声に、僕はくすくす笑いながら、

「いい結婚式だったんだよ」

と彼の胸に尚も身体を寄せた。

「そりゃ結構だったね」

桐生は皮肉な口調でそう言いながらも、手だけは優しく背中を抱き締めてくれる。

「泣けるくらいに感動的だったよ。友達の結婚式に出るのは初めてだったけど、なんか感激した」

酔いが僕を興奮させているのか、酷く眠かったはずなのにすっかり眠気は覚めていて、僕は彼の腕の中で、高知の結婚式の話を延々と続けていた。桐生は聞いているのかいないのか、時折「ふうん」と相槌を打つだけで、思い出したように僕の背を抱き直し、額に、頬にそっと唇を押し当ててくる。

「……なんか泣けた。やっぱり仲いい奴《やつ》の結婚式って、泣けるもんなのかなあ」

僕はそう言いながら、「そうか？」と囁いてきた桐生に、

「桐生の結婚式も、きっと泣けるだろうな」

と笑いかけ――『桐生の結婚式』という言葉に今更のように傷ついて、思わず彼の胸に顔を埋めた。

「……おい？」

いきなりの僕の様子の変化に桐生が驚いたように肩を掴んでくる。僕はそんな彼の手を避け寝返りを打つと、背を向け両手に顔を埋めた。

自分で言った言葉なのに、なぜか涙があとからあとから溢《あふ》れ出し、僕の肩を震わせる。一体僕は何を泣いているんだろう、と自分でもわけがわからなくなってきて、

「おい」

桐生が無理やり自分の方を向かせようとするのに必死で抗《あらが》いながら、込み上げてくる嗚咽《おえつ》を呑み下し、両手に顔を埋め続けた。

「……泣き上戸か、お前は」

桐生はそんな僕を後ろから抱き締めると、呆れたようにそう囁き、僕の顔から手を外させようとする。

「……ごめん」

漸く収まってきた涙を拭いながら、本当に僕は馬鹿みたいだ、と自己嫌悪に陥りつつ、小さな声で彼に詫《わ》びた。

「結婚式ね……」

桐生がくす、と笑い、後ろから僕の頰へと唇を落としてくる。

「……安心しろ。そんな日が来るとしたら……隣にいるのはお前だ」

「え？」

僕は思わず彼の方を振り返り——照れたようににやりと笑いながら、彼が落としてきた唇を、言葉にならない思いを胸に受け止めた。くちづけの優しさが、僕を再び眠りの世界へと導いてゆく。

これは——夢か？

それとも酔った頭が見せた幻か——？

夢でも幻でもよかった。僕は泣けるほどの嬉しさを胸に彼の背を力いっぱい抱き締め、その身体の温かさにのめり込むように彼とのくちづけにのめり込み、いつしか意識を失ってしまったようだった。


翌朝、物凄《ものすご》い胃のむかつきとともに目覚めた僕は、

「だから飲みすぎだって言ったろ？」

呆れて水を汲《く》んできてくれた桐生に礼を言いながら、彼の腕の中で泣いた自分を思い出し、たいそうバツの悪い思いをしてしまった。

あれは夢だったのか、と確かめる勇気など勿論持ち合わせていなかった僕は、とりあえず

シャワーを浴びて少ししゃっきりしたところで、昨日花嫁の友人から聞いた、高知名物『日曜市』に桐生を誘った。

「元気だな」

更に呆れながらも桐生は日曜に露店が並ぶというその「日曜市」に付き合ってくれることになり、そのあと折角だから「桂浜《かつらはま》」にでも行ってから帰るか、と一日の予定を決めてくれた。明日のことを考えて、結構早い時間の飛行機《フライト》を予約していたからだ。

日曜市はすごい人で、人波に酔いそうになったが、活気溢れる市の雰囲気は見ているだけでも楽しかった。あれが食べたい、これが食べたい、という僕に、桐生はまたも呆れてみせたが、彼にしては珍しく、僕に付き合って『てんぷら』を食べてくれたり、アイスクリンを食べてくれたりしたのは、やはり旅先だからだろうか。

一通り市を見たあと、車で向かった桂浜は、坂本竜馬の銅像で有名らしいのだが、銅像より何より、太平洋の青さを広々と見せるその砂浜の広大さに僕は言葉を失い、景色の美しさに思わず見入ってしまった。

足元へと寄せてくる波に浸《つ》かりたい誘惑を退けつつ、吹き付ける潮風の気持ちよさに、はるか彼方《かなた》に見える水平線に、言葉を発することも忘れて砂浜に立ちつくす。

「……波が高いな」

遊泳禁止らしいぞ、と言いながら桐生がそんな僕の肩を抱いた。そうなんだ、と頷き、僕は彼に身体を寄せる。

「……そろそろ戻ろう」

ここに来るまでに結構渋滞してしまっていたから、そろそろ飛行機の時間が迫ってきているのだろう。桐生がそう言うのに、

「うん」

頷きはしたが僕は名残惜しさから暫し遠い波間へと目を向け、やがて傍らの彼へと視線を戻した。

そこに見たのは昨夜と同じ、照れたような彼の笑顔で——。

「また来られるかな」

なぜだか込み上げてきた涙を堪え、僕は視線を海へと戻した。

「来ればいいじゃないか」

桐生はあたかも容易《たやす》いことのようにそう言って笑うと、掠《かす》めるようなくちづけを僕の頬へと落とす。

「あ」

そうして驚いて振り返った僕に向かって「帰るぞ」と微笑むと、僕の背に腕を回し力強く抱き寄せてくれたのだった。

入院病棟

面会時間は午後八時まで——ということに、一応この病院ではなっているらしい。

個室であることが幸いし、時間超過にはそう煩《うるさ》いことは言われないが、一度病室を抜け出すなどという愚挙に出てしまったからだろうか、担当看護師は何かというと俺《おれ》に釘《くぎ》を刺すことを忘れない。

『体力自慢はわかりますが、無理すると知りませんよ』

業務に忠実なのは誉《ほ》められることなのだろうが、うざったいといえばうざったい。自意識過剰と笑われるかもしれないが、俺を見るときの彼女の瞳《ひとみ》にちらと燃える情欲の焔《ほむら》が俺にそう感じさせるのかもしれない。

『馬鹿《ばか》じゃないの』

今までその焔を感じた女にそれを指摘してやると、いちように彼女たちは呆《あき》れた反応を見せたものだ。が、それからの『進展』は驚くほどに早かった。

そういう女たちとその手の関係を結ぶことに躊躇《ためら》いを覚えたことはない。俺にとってはそれはゲームというほどの価値もない、言ってみれば『確認』のようなものだった。自分が見たと思った情欲の焔は果たしてその瞳の中にあったのか、それを確かめたいというだけの話だ。

以前の俺であれば、彼女にもそれを『確認』したに違いない。だが今は——。

カチャ、と病室の扉が開く音とともに、『彼』が顔を覗《のぞ》かせる。

「遅い」

我ながら愛想のない声でそう言うと、

「ごめん。道が混《こ》んで……」

息を切らせながら彼が——長瀬《ながせ》が病室へと入って来た。入院した日からほぼ毎日彼は見舞いに来てくれる。彼の普段の多忙さを思うと、ここに八時までに入ることには相当無理をしているると思う。やはり彼も一度俺が病室を抜け出して以来、気になると言って必ず毎日顔を出すようになったのだった。

「無理はするな」

いくらそう言っても、

「無理なんかしてない」

と答えるばかりの彼には意外に頑固で意地っ張りな面がある。整いすぎた顔立ちが感情の発露を奪うのか、クールにすら見えるその美貌《びぼう》の下に、熱情が垣間見える、そのギャップを見るのが俺は好きだった。

「あと三分って釘を刺されちゃったよ」

珍しくも苦笑しながら俺のベッドの近くまでやってきた彼の後ろから、丁度俺が今、その瞳に宿る情欲の焰について考えていた彼女が——担当看護師の琴浦《ことうら》嬢がひょいと顔を出す。

「トーゼンでしょ。面会時間は八時までですからね」

ふざけて長瀬を睨《にら》む真似をした彼女は彼を追い越すようにして俺の枕《まくら》もとへと立つと、毛布の上に放り出していた俺の左手をとった。

「血圧測ります」

ベルトをまきつけ、手動の血圧計に空気を送り込んでいる。真剣に目盛を見る眼差しに魅力を感じる人種もいるだろう。現に彼女とは反対側のベッドサイドに立った長瀬は見惚《みと》れているのか無言でじっとその様子を見つめているようだった。

「忙しかったのか？」

俺が声をかけると長瀬は一瞬はっとしたような表情を浮かべ、少しバツの悪そうな顔で俺を見返し、いや、と答えた。

「毎日無理をすることはない」

「無理なんてしてないよ」

何度となく繰り返された会話が二人の間で始まろうとしている。そのとき血圧を測り終えた看護師が俺の腕からベルトを剝《は》ぎ、血圧計をしまいながら立ち上がった。

「正常値です。このままだと明後日には本当に退院ですね」

「そうですか」

嬉《うれ》しそうに笑い返す長瀬の顔に、

「ほんと、あんな無茶したのに信じられませんよ」

口を尖《とが》らせながらも眩《まぶ》しそうな眼差しを向けた彼女に対し、冷ややかな視線を向けるのは我ながら子供じみた行為だと思う。俺の視線に気づいた途端に目が泳ぎ、俯《うつむ》いて微《かす》かに頬《ほお》を染めた彼女の様子に気づいた長瀬が、仕方がない、というような視線を俺へと向けてきた。

俺が無言で肩を竦《すく》めてみせたのと、

「それじゃ、九時の消灯は守ってくださいね」

とってつけたような元気さで笑った琴浦嬢が俺にそう言い捨て、ぱたぱたと足音を立てて部屋を出て行ったのが同時だった。

「桐生《きりゅう》……」

何か言いかけた長瀬の腕を摑《つか》んで自分の方へと引き寄せると、俺は彼の頭の後ろへと手をやったままその唇を塞《ふさ》いだ。

「……っ」

長瀬は一瞬俺の胸で抗《あらが》いかけたが、やがて身体から力を抜き、自ら腕を俺の背へと回してきた。

互いに舌を絡め合い口内を侵し合う激しいくちづけに、次第に彼の息が上がってくる。半分ベッドに腰掛けたような形になっている彼の脚へと手を伸ばし、太腿《ふともも》から付け根へと手を滑らせると、彼は薄く目を開いて俺を睨んだ。

「……なに？」

わずかに唇を離して問いかけると、

「……どうして……」

彼は先ほどの俺の態度を責めるようなことを口にする。

「なにが？」

「………」

多分、長瀬も気づいているのだ。俺がつまらないジェラシーから看護師に辛《つら》く当たることが――まあそれだけが理由というわけではないのだが、それを彼に説明するほど俺も馬鹿ではない。それを当の本人にどう言えばいいのかと逡巡《しゅんじゅん》をみせ黙り込んだことに乗じて、俺は彼が抗うかのようにきつく閉じた両脚の付け根に手を差し入れ、服越しに雄をぎゅっと握ってやった。

「……やめろよ」

やめろ、と言いながらも長瀬の瞳の中に情欲の焔が立ち上る。

そう――この焔を見て以来、俺は他の人間から向けられるこの種の眼差しに、一切の興味を失ってしまったのだった。

「口だけだな」

くす、と笑ってそこを揉《も》みしだくと、長瀬はまた何か言いたげに口を開きかけたが俺の手を振り切ることはしなかった。再び彼の唇を塞ぎ、次第に形を成してきたその先端を親指の腹でしつこく弄《いじ》りながら、睾丸《こうがん》を残りの指で握り込んだ。

「……っ」

漏れる吐息を拾うように唇を塞ぎ続けると、息苦しさから長瀬は俺の胸を押し、身体を離そうとしてきた。彼の後頭部を片手で押さえてそれを制し、俺は尚《なお》もしつこく彼自身を弄り続ける。

「……きりゅ……っ」

無理を強《し》いるのは好きではない。が、誰にでも無防備に笑顔を向ける彼を懲らしめたくもあり——その笑顔を向けられた者がいちように眩しそうな目で見惚れることに、気づかずにいられるこの鈍感さが俺にはどうにも信じられない——俺は抗う彼を押さえ込むと、彼のベルトを外してスラックスのファスナーを下ろした。そこから既に屹立《きつりつ》しきった彼自身を取り出し、そのまま扱《しご》き上げる。

「……っ」

長瀬の身体が大きく仰《の》け反《ぞ》り、外れた唇から息を吸い込んだ音が聞こえる。達する直前いつも見せる顔になると長瀬は自身の身体を支えようと俺に縋《すが》り付き、切羽詰まった視線を向けてきた。

「もう……っ」

「もう？」

手を休めることなく彼を見返すと、

「もう…っ……でるっ……」

長瀬は縋りついてきた手で俺の胸を突っぱね、俺の動きを制しようとする。

「出せ」

「むちゃ……っ言うな……っ」

ティッシュを、と言えるだけの冷静さがまだ彼に残っていることが妙に可笑《おか》しく、思わず笑ってしまいながらも彼を握った手を離すと、枕もとのティッシュを箱から数枚抜き取りそれ越しに彼をまた握り締めた。

「これでいいだろ」

「………」

じろ、と長瀬が俺を睨む。上気した頬と潤《うる》んだ瞳がいつも以上にエロティックに見えるのは、枕もとの照明がその顔を明るく照らしているためか──煌《きらめ》く瞳はすぐに羞恥《しゅうち》に伏せられ、その頬に落ちる濃い睫《まつげ》の影が震える頃には既に我慢も限界を超えていた彼の雄は、俺の手の中に精を吐き出していた。

はあ、と大きく息を吐き、長瀬が俺の肩に顔を埋《うず》めてくる。ティッシュでそれを丹念に拭《ふ》き取ってやったあと彼のスラックスをトランクスと重ねて下ろそうとすると、長瀬は息を乱しながらもなにごとかというように顔を上げ、俺を真《ま》っ直《す》ぐに見つめてきた。

「来いよ」

両手を彼の背中から腰へと滑らせ、裸の尻《しり》を摑むようにしてトランクスを下ろす。

「……無茶な……」

また彼の口から同じ言葉が零《こぼ》れた。入院中、互いの手で達することはあっても、それ以上の行為に及んだことはなかった。病室は病室ゆえ、施錠は出来ないようになっている。人に見られたら世間体が悪い、と長瀬は普段はキスすら嫌がる。一度琴浦看護師の前で唇を奪ったことを相当根に持っているらしく、少しでも人の気配を室外に感じるとベッドから飛びのくくらいの勢いで身体を離してしまうのだが、今日は通常の見舞い客が帰ってしまった時間であるのでこういった行為に甘んじているのだろう。

「九時までは誰も来ないさ」

「わからないじゃないか……」

抗う素振りは見せるが、達したばかりで敏感になっているその背に再び両手を這《は》わせるとびくん、と身体を震わせるあたり説得力がない。自分でもそう思うのか、気まずさに顔を歪《ゆが》めた彼と額を合わせ、

「来ない、ということにしておこう」

と囁《ささや》くと、長瀬は諦《あきら》めたように俺の胸を押していた手を下ろした。

「いい子だ」

そう言って笑うと不機嫌そうに眉《まゆ》を寄せ、ふいと横を向いてしまったが、俺が彼の腰をベッドの上へ導くように手を添えると、大人しくされるがままに靴を脱いでベッドに乗り、両《りょう》膝《ひざ》をついて俺の身体を跨《また》ぐような姿勢をとった。

「脱げよ」

「いやだ」

抗おうとしたが俺が背に手を回して身体を支えてやりながらスラックスをトランクスごと膝まで下ろすと、長瀬は俺の首に両手を回し、少し腰を浮かせて脱衣に手を貸した。

「いや、ねえ」

にや、と笑って耳朶《じだ》を噛《か》む。再び、びく、と身体を震わせた彼の背中からまた腰へと手を伸ばし、双丘《そうきゅう》を割るとそこへと指を挿し入れた。

「……っ」

俺の首にしがみ付く長瀬の腕に力がこもる。両膝を立て、腰を突き出すような姿勢でいるのは、俺の腹の手術の痕《あと》を気遣い、体重をかけないようにしているからなのだろう。だがリクライニングのベッドごと半身を起こしている俺にしがみ付きながら尻を振るというかつにない姿勢に、彼も、そして見ている俺も急速な昂《たか》まりを感じていた。

「……来い」

言いながら俺は勃《た》ちきった己の雄を取り出し彼に示して見せる。しがみ付いていた俺の首から顔を上げた長瀬の視線が、それに吸い寄せられるかのように宙を泳いだ。少し開いた唇の間から覗く紅《あか》い舌のエロティックさに、自分の手の中で自身が尚一層硬さを増す。

「……来いよ」

尻を叩《たた》いてやると、我に返ったように長瀬は俺を見て、暫《しば》し逡巡するように口を閉ざした。

「なに？」

首を傾《かし》げて尋ねると、長瀬が掠《かす》れた声で問いかけてくる。

「……大丈夫か？」

「なにが？」

「傷……」

長瀬の手が、俺のパジャマの上着を捲《まく》り上げる。ガーゼの白が室内の明かりを受けて目に痛いくらいにその存在を主張していた。

「明後日には退院だ」

大丈夫さ、と笑うと、

「それなら明後日に……」

長瀬は俺の身体の上から逃れようとでもするかのように身体を捩《よじ》った。

「馬鹿」

その腰を引き寄せながら、入れたままの指をぐるりとかき回す。と、長瀬はまた俺の首にぎゅっとしがみ付いてきた。

「我慢できないのはお互い様だろう」

「できるよ」

くす、と笑って囁く俺に、長瀬が負け惜しみのような答えを返す。が、また後ろを深く抉《えぐ》ると、彼は息を呑《の》み俺の首に縋《すが》りつく。途端にバツが悪そうな顔をして俺から離れた長瀬と目が合い、思わず互いに吹き出した。

「……本当に大丈夫か？」

眉を寄せて俺に顔を近づけた彼にキスで答えてやると、長瀬はわかった、というように小さく頷《うなず》き、また俺の首へと両腕を回した。

「……体勢的に苦しいな」

座位では流石《さすが》に腹に力が入らない。手探りでベッドのリモコンを探し——さすが個室だけあり、ベッドのリクライニングは電動だった——水平へと戻す。

「……なんだか……ヘンだね」

くす、と笑い、俺を見下ろす長瀬に、

「プレイ系だな」

と笑い返すと、馬鹿、と覆い被《かぶ》さってきた彼に唇を塞がれた。そのまま腰を引き寄せ、勃ちきった己をそこへとゆっくり挿入させてゆく。

「……っ」

息を呑んだ長瀬の顔を上げさせようと腰を支えていた手を上半身へと滑らせると、長瀬は自らの体重をかけながら俺を咥《くわ》えこもうと身体を起こし、俺の上にゆっくりと腰を下ろしてきた。閉じたままの瞼を開けさせたくて突き上げてやると、薄く目を開いた彼が掠れた声で制した。

「動くなよ」

「なぜ？」

「傷に響くだろう？」

言いながら彼が後ろを意図的に締めつけてきた。

「……っ」

彼の中で俺のかさが増すのがわかる。彼もそれを感じたのだろう、にこ、とまるで幼子のような微笑を見せると、間隔を開けて俺を締め付けながら、ゆっくりと身体を上下させ始めた。

「……いた……く……ないか？」

上擦る声を抑え、長瀬が俺の顔を見下ろして尋ねてくる。

「……っ」

答える代わりに下から突き上げてやると、

「あっ……」

長瀬は高い声を上げたあと、俺を睨み下ろしてきた。尚も突き上げようとすると、

「きりゅう…っ」

と責めるような視線を向けてくる。

「……了解……任せた」

バンザイをするように両手を上げて笑ってやると、長瀬はやれやれ、という顔をしたあと、おもむろに腰を上下しはじめた。できるだけ俺に体重をかけまいというのがみえみえのその動きでは物足りまいと、彼の腰を捕らえて己の方へと強く引き寄せてやる。

「や……っ」

奥まで一気に貫くのと同じことになったがゆえに、大きく身体を仰け反らせた長瀬の喉《のど》の白さが眩しかった。彼の腰を捕らえたまま、下から激しく突き上げてやると、彼の動きもそれに応《こた》えるかのように激しくなっていく。手を伸ばし、勃ちかけた彼の雄を握り、扱き上げると、彼は何故《なぜ》か少し困ったような顔をして微笑《ほほえ》み、腰の動きを速めた。

「……っ」

その顔を見たから、というわけでもないが、寄せられた形のいい眉に目を奪われているうち俺は彼の中で達してしまい、大きくその場で息を吐いた。彼の肩も上下しているが、まだ二度目の絶頂は迎えていない。ラクにしてやろうと尚も扱き上げようとすると、長瀬は顔を上げ、小さく首を横に振った。

「？」

俺の手を押さえたと思うと長瀬は俺の上から膝を立てて立ち上がり、そのままスラックスを片手で上げながらトイレへと飛び込んでゆく。

「…………」

そういうことか、と俺は申し訳なさ半分、可笑しさ半分で自身をしまうのも忘れ、笑ってしまった。やがて後始末を済ませた彼が戻ってきたときにも、そのバツの悪そうな顔を見てまた俺は笑った。

「……誰のせいだと思ってるんだ」

ぼそりと言ったその言葉も妙に可笑しくて、俺は彼に睨まれながらも、すまん、と言いつつ笑い続けてしまったのだった。

「九時だ……」

濡《ぬ》れタオルで俺の手を拭いてくれた長瀬が枕もとの時計を見やると小さな声で呟《つぶや》き、俺へと視線を戻した。

「毎日悪いな」

言葉にすると妙に嘘《うそ》くさい。彼も同じことを感じたようで、笑って額を寄せてきた。

「……思ってもないくせに」

「思ってるさ」

悪いとは思う。が、毎日顔を見たいというのも正直な気持ちで、それを言うと長瀬は、ほとほと呆れた顔になった。

「やっぱり来いってことじゃないか」

「まあ、それも明後日までだ」

「明後日か」

しみじみとした口調でそう言う彼の胸に去来する思いは一体何なのか——瞬時遠い目をした彼は、すぐに俺の視線に気づくと、なんでもない、というようににっこりと微笑んでみせた。

「……なに？」

言いながら彼の腕を引いてベッドに座らせ、その顔を覗き込む。

「いや……早く仕事に戻りたいのかと思ってさ」

苦笑し彼が言う言葉の裏をよむのは自意識過剰か——俺の脳裏に、俺を見る目に欲情の焔を覗かせるあの男の顔が過《よぎ》る。

「戻りたいのは家に決まっているだろう」

気づかぬふりをし言った言葉は、またもやたらと嘘くさくなってしまった。

「……思ってもいないくせに」

先ほどと同じ言葉を返し、長瀬が俺を見て笑う。

「思ってるさ……お前がトイレに駆け込む必要のないセックスを思う存分したいからな」

そう言って片目を瞑《つぶ》ってみせると、長瀬は啞然《あぜん》とした顔になったあと、俺の胸を拳《こぶし》で殴った。

「悪趣味な」

「まあ、病院ってシチュエーションも、興奮したけどな」

「…………」

呆れたような顔をした彼の頭の後ろに手をやり、己の方へと引き寄せ唇を塞いだ。そろそろ消灯を知らせる看護師が来る時間だと気づいた彼が身体を起こそうとする。

それを強引に制しながら、こんな慌しいキスがあと二日で終わることをいかに俺が嬉しく思っているかが伝わるよう、俺は彼の背を力強く抱き締め直したのだった。

before long

オートロックのインターホンを鳴らしたが、応対はない。時刻は既に深夜十二時を回っているのに、まだ帰宅していないのか、と僕は溜《た》め息《いき》をつくと、キーを差し入れ、ロックを解除した。

エレベーターへと向かい、乗り込んで三十八階のボタンを押す。明日はようやく週末、この一週間というもの僕も残業続きで相当へばっているせいか、急速に上昇するエレベーターに目眩《めまい》を覚え目を閉じた。

健康体の僕が疲れてどうする、と目を開け表示灯を見やる。先週退院したばかりの桐生《きりゅう》は、会社に復帰した途端、連日の深夜残業を実に精力的にこなしていた。

昨日もそして先一昨日も、帰宅は深夜零時すぎだった。なぜ知っているのかというと、昨日も先一昨日も僕は彼のマンションを訪れていたからだ。

一昨日はスーツを着替えるために寮に戻ったので、帰宅時間は知らないが、夜十時過ぎに電話を入れたときにはまだ社にいると言っていたから、充分遅い時刻となっただろう。

退院はしたものの、一時は高熱を出したこともあり、やはり心配が募って、今週僕はいつも以上の頻度で桐生のマンションを訪れていたが、一度として彼は僕より前に戻ってきたことがないのだ。

「病み上がりなのに……」

大丈夫か、と尋ねると、

「病院でゆっくり休んだからな」

逆に体力がついたくらいだ、と笑い、僕を呆《あき》れさせる。

「証明しようか？」

あまつさえ、にやりと笑ってそう言うと、証明する場所はベッドだ、と僕を行為に誘い、それこそ体力が有り余っていることを『証明』してみせるのである。

金曜の今日、僕がこうまで消耗している要因は、一日おきにこの桐生のマンションで行なわれる、深夜残業のあとの『証明』かもしれないと思わないでもない、と僕は溜め息をつくと、綺麗《きれい》に片付いたリビングのソファに腰を下ろした。

疲れた、とそのまま寝転がり天井を見上げる。桐生はいつも、「起きて待っていることはないんだぜ」と言ってくれるのだが、主のいない部屋で勝手にベッドに入っているというのもなんだか悪い気がして、たいていはこのソファで彼の帰宅を待っていた。

ベッドに先に入らないのは、実は他にも理由がある。思い出すのも恥ずかしい上に、未《いま》だにどうしてあんなことをやってしまったのか、自分で自分が信じられないのだが、以前に僕は桐生の留守中にこのマンションに勝手に上がり込み、ベッドの中で自慰をしているところを見つかったことがあった。

言い訳になってしまうが、あのときは接待の帰りで僕は泥酔しており、彼のベッドに入った途端、随分と会うのが久しぶりだった桐生の匂《にお》いに包まれたことで、酷《ひど》く興奮してしまったのだ。

あんな恥ずかしい思いをした経験は、今までの人生でもさすがにない。僕にとってあれは勿論《もちろん》印象的――という言葉では片付けられないといおうか、抹消してしまいたい出来事だったが、桐生にとっても物凄《ものすご》いインパクトがあったらしく、時折思い出したようにそれをネタにからかってくる。

先にベッドに入っていようものなら、桐生のことだ、「また一人でやってたのか？」と意地の悪いことを言ってくるのではないかと思い、それで僕の足はベッドから遠のいているのだった。

目を閉じるとそのまま寝入ってしまいそうなので起き上がり、水でも飲ませて貰《もら》おうとキッチンへと向かう。入院直前の桐生の部屋は、それは荒れていたのだったが、この一週間、相当忙しくしているはずなのにきちんと整理整頓《せいとん》されていた。

それだけ彼に余裕があるということなんだろう、と思いながらエビアンのボトルを取り出そうとし、やっぱりビールにしようかとスーパードライの缶に手を伸ばす。

身につけるもの、口にするものすべてに厳しい審査の眼を持っている桐生は、ビールの銘柄にもこだわりがあり、冷蔵庫の中にはこの一種しか置いていなかった。

味も好きだが、この銘柄開発によりメーカーがビール業界のトップに躍り出たという経緯も好きなのだそうだ。

「野心を感じる味じゃないか？」

どこまで本気かわからないが、そう言い笑う彼の影響で最近では僕もすっかりスーパードライ党になった。野心の味かはわからないがコクがあってキレがある味は確かに癖になる。

プルトップを上げながらソファへと戻り、どさりと腰を下ろすと半分くらいを一気に呷《あお》った。冷たいビールが食道から胃へと流れていくのを感じ、生き返るなあ、とオヤジくさいコメントを頭に思い浮かべていた僕の頭にふと、桐生の顔が浮かぶ。

昨日も、そしてその前にここへと来たときも、桐生の帰宅は深夜すぎだったが、彼がアルコールを摂取した気配はなかった。

今夜もまた彼は、オフィスの彼の部屋で——なんと彼は個室を与えられているのだそうだ。さすがこの間 director になっただけのことはある——黙々と仕事に励んでいるんだろうか。

なのに僕が一人で、彼の部屋で、彼のビールを飲んでいるというのも悪いな、と今更のことを考え、首を竦《すく》めてビールの缶をセンターテーブルへと下ろす。またもごろりと寝転がり、見上げた天井の向こうに僕は、精力的に仕事をこなす桐生と、もしかしたら彼の傍らに佇《たたず》んでいるかもしれない男の——彼をして『最も信頼できる部下』と言わしめたあの男の顔を思い浮かべていた。

桐生が書類にサインをしようとすると、さっとペンが差し出される。あうんの呼吸というのはああいうのを言うのだろうな、と感心したときの光景が僕の脳裏を過《よぎ》った。

近くアメリカ本社へと呼ばれ副社長の地位につくだろうと言われている桐生のサポート役をきびきびとこなす彼――きっと僕の何倍も頭がよく、気が利く彼もまた、今、桐生と共に黙々と仕事をしているのだろうか。

自分をそう優秀とも、気の利く人間とも思っていないために、能力的に劣ることに関しては、人は人、と割り切ることもできる。だが『桐生への理解度』が自分より勝っている相手がいるというのは――。

「…………」

いやだな、と溜め息をつく音ががらんとした室内に響く。情けないその音に、女々しいにもほどがあると僕は自分に呆れてしまいながら勢いよく起き上がると、手を伸ばしてビールを取り上げ残りを一気に呷った。

「……っ」

勢い余ったせいで、ビールに噎《む》せてしまった。口元を拭《ぬぐ》い、濡《ぬ》れてしまったシャツの前をポケットに入れていたハンカチで拭う。本当に何をやってるんだか、と自己嫌悪に陥る僕の脳裏にまた、彼の――滝来《たきらい》氏の顔が浮かんだ。

『桐生さん』

幻の彼の声が耳に響き、閉じた瞼《まぶた》の裏で幻の映像が動きはじめる。デスクで書類に目を通していた桐生が顔を上げ、部屋に入ってきた滝来氏を見る。

『なんだ』

『ボス……』

二人の視線が絡み合う。滝来氏がゆっくりと歩み寄り、デスクに軽く腰を下ろす。椅子《いす》に座ったままの桐生へと覆い被《かぶ》さっていく彼の背に桐生の腕が回り、そのまま二人は唇を——。

「そんなこと、あるわけないじゃないか」

思わず僕の口から、独り言というには大きすぎる声が漏れた。その声にはっと我に返った僕は、自分の妄想に動揺するなんて馬鹿《ばか》じゃないか、と呆れ果ててしまったのだが、なぜか胸の鼓動は相変わらずドキドキといやな感じで脈打ち続けていた。

桐生を信じていないわけではないのだ。確かに同じ会社に勤めていたときの桐生は、合コンの際には常に『お持ち帰り』をし、言い寄ってくる女性を『断るのが面倒だから』という理由で次々と受け止めてきたという節操のない男だったが、僕と付き合い始めてからは、まるで人が変わったように品行方正な毎日を送っている。

それが彼の口から出任せではないことは、マメにくれる電話からも、頻繁に会っては身体《からだ》を重ねるという今の状況からもわかってはいた。にもかかわらず僕が桐生と滝来氏のことを疑ってしまうのはやはり、病室で二人が抱き合う姿を見てしまったせいだと思う。

いや——それだけじゃなく、きっと僕は意識下で理解しているのだ。何一つ取り柄のない自分よりも、取り柄を数え上げたら両手の指では足りないのではと思《おぼ》しき滝来氏のほうが、桐生には相応《ふさわ》しい相手であるということを。

何かの折にちらと桐生が口にしたのだが、滝来氏もまた米国でＭＢＡを取得したあと、アメリカ企業に年俸三十万ドルでヘッドハンティングされたのだそうだ。

その後、日本が恋しくなったのか帰国し、桐生と同じ社にまたヘッドハンティングされたということだが、僕からしてみたらまさに雲の上の人である彼を、桐生は部下として使っている。それがどれだけ凄いことかを考えるだけで自分との格差を思い知らされ、僕は落ち込んでしまうのだった。

今の会社の中でさえ、僕はそう目立った存在ではないし、まさに凡庸という評価を受けている。頭角を現すなど夢のまた夢、それどころかトリリンガルが当たり前という優秀な新人が次々と入ってくる中、彼らに見劣りすることのないようにしなくてはと思っているくらいのレベルの低さである。

商権の拡充などまだまだ計れておらず、先輩から引き継いだ仕事を維持していくのが精一杯という自分の働きぶりと、かつては年俸三十万ドルであったという部下を持ち、ＣＥＯの覚えもめでたく次々役職を上げていく桐生を比べると——同じ土俵に立とうとすること自体が、図々《ずうずう》しいことこの上ないのだが——格が違いすぎて比べられない、その一言しか出なかった。

それゆえ、僕は不安になるのだ。桐生がいつか目を覚ますのではないか、僕のようななんの取り柄もない、自分とは数段、いや、数十段格下の男と付き合っていることの馬鹿馬鹿しさに気づいてしまうのではないか——その不安は日々僕を苛《さいな》み、今夜のように好ましくない妄想をかき立てては僕を苦しめていた。

つまり、僕が信用できないのは桐生の貞操観念ではなく、桐生が僕を選んだという選択だった。本当に僕でいいのだろうか。いつか、それこそ近い将来に僕は我に返った彼に別れを告げられるのではないかと、不安が次から次へとこみ上げてくる。

「…………」

はあ、と大きな溜め息が僕の口から漏れ、その音にまたも我に返った僕の胸には、更なる自己嫌悪の念が宿った。

自分が桐生に相応しくないと思うのなら、相応しいと思われるように努力すべきである。『僕なんか』と思いながら溜め息をついているだけでは、事態は何も好転しない。

本当になんて女々しい、とほとほと自分に呆れてしまっていた僕の耳に、カチャ、とドアが開く音が響いた。

「あ」

帰ってきたのだ、と立ち上がり、振り返った僕に、桐生がにっと笑いかけてきた。

「なんだ、来てたのか」

「おかえり」

声をかけた直後、大股《おおまた》で近づいてきた彼に抱きしめられ、唇を塞がれる。

「ん……」

きつく舌を絡めてくる情熱的なキスによろけた僕の背を抱く手に力を込めると、桐生はそのまま僕をソファへと押し倒してきた。

「ちょ、ちょっと……」

彼の手がせわしなく太腿を弄《まさぐ》り、脚の付け根へと辿《たど》り着く。ぎゅっとそこを握られたのに、もうか、と僕は慌てて桐生の胸を押しやり、噛《か》みつくような彼のキスから逃れた。

「なんだよ」

いかにも不満そうに僕を睨《にら》み下ろす桐生の顔には、疲労の影など微塵《みじん》も感じられない。時刻は既に深夜一時を回っており、病み上がりにして働きずくめの彼が疲れていないはずはないのに、一体この体力はなんなのだと呆れつつ、僕は口を開いた。

「メシは?」

「すませてきた」

「………」

あっさり答えた桐生に、僕の胸がまた、いやな感じでどきりと脈打つ。

「長瀬《ながせ》？」

動揺が顔に表れてしまったのか、桐生が不審そうに眉《まゆ》を顰《ひそ》め問いかけてきた。

「……なんでもないよ」

実際『なんでもない』ことだという自覚はあった。深夜一時過ぎに帰宅した桐生が、食事をすませてないことのほうが驚きである。

なのに僕が動揺してしまったのは、桐生がその食事を誰と取ったのかということが気になったためだった。

僕も残業が確定した日には、同僚と共に社食で夜食を食べることはよくある。桐生もまた同じだろうに、何を気にしているんだか、と自分自身に呆れ果てている僕の脳裏には、桐生の同僚――ではなく、部下である滝来氏の顔が浮かんでいた。

「……『なんでもない』？」

桐生が身体を起こしたあと、僕の腕を引きソファから起き上がらせ、二人ソファに並んで腰掛ける。

「とてもそうは見えないけどな」

「…………」

眉を顰めたままじっと目を見つめてくる桐生の眼差しは厳しく、とても真《ま》っ直《す》ぐに見返すことができない。

「何かあったのか？」

目を逸《そ》らした僕の頬《ほお》に桐生の手が伸びてきて、無理やり顔を上げさせられた。

「何もないよ」

実際、何があったわけではないので、僕の答えは嘘《うそ》偽りのないものだったにもかかわらず、桐生の眉間《みけん》の縦皺《たてじわ》が一段と深まったところを見ると、彼は僕の言葉の信憑性《しんぴょうせい》を疑っているらしい。

「嘘だ」

疑うどころか桐生は『嘘』と決めつけ、一段と厳しい目で僕を見据えてくる。瞳《ひとみ》の中に怒りの焔《ほむら》すら立ち上っていることに気づいた僕は、「違うんだ」と慌てて首を横に振った。

「何が違うんだよ」

不機嫌であることを隠そうともしない桐生の声に、彼の表情に、言い繕う余裕を失った僕の口から心に浮かんだままの言葉が漏れてしまった。

「夕食は誰と一緒に取ったのかと思って……」

「なに？」

僕の答えに、桐生の目が驚いたように見開かれる。次の瞬間微笑《ほほえ》みに細められたその瞳からは、怒りの影はすっかり消えていた。

「何を気にしているのか知らないが、プレゼンの後にレセプションがあった。立食パーティだったので軽く食べたというだけだ」

「……そうだったんだ」

なんだ、と息を吐《つ》いた僕の頭に、そのレセプションには滝来氏もいたんじゃないか、という考えがちらと浮かんだが、さすがにそれを確かめることは、あまりにもあからさますぎてできなかった。

「お前は？　夕食はすませたのか？」

機嫌も直ったらしい桐生が、逆に僕に問いかけ、顔を覗《のぞ》き込んでくる。

「……軽く」

そう答えはしたものの、実はそれは嘘だった。どんなに帰宅が遅くなっても外で食事をしてくることがレアである桐生に合わせ、野島《のじま》課長を始めとする課員たちの『残業メシ行こう』という誘いを断り黙々と仕事を進めていたのだ。そんなことを言えば桐生が気を遣うと思ったし、特に空腹でもない。それゆえ僕は嘘をついたのだが、その小さな嘘はあっという間に桐生に見抜かれてしまった。

「何か食うか」

僕の頬からすっと右手を引くと、桐生が立ち上がりキッチンへと進んでいく。

「え？」

「すぐできるのは冷凍ものだな。パスタでいいか？」

冷凍庫の扉を開け、中を覗き込みながら桐生が尋ねてくるのに、どう答えようかと迷ったせいで返答が遅れてしまった。

「ほかにリクエストは？」

何も言えずにいる僕に、桐生が問いを重ねてくる。

「……パスタがいい」

「了解」

僕の答えに桐生はにっと笑うと、冷凍庫から取り出したものを皿に乗せ、そのままレンジへと入れた。

「…………」

嘘をついたことを謝るべきか、それともこのままバックれていればいいのか、瞬時僕は迷ったが、バックれ続けることは無理だと判断し、彼へと歩み寄った。

「桐生、あの……」

「無理に俺に合わせることはない。自分の身体を一番に考えるんだな」

食器棚からフォークやスプーン、それにスープを入れるカップを取り出しながら、桐生が僕の方を見もせず僕の言葉を遮る。

「桐生」

「今後は俺《おれ》に嘘はつくな。どんな小さな嘘であっても、つかれて嬉《うれ》しいものじゃない」

「……っ」

実に淡々と告げられた言葉に、僕は思わず息を呑《の》んだ。

「桐生、あの……」

そんなつもりはなかった、とまたも言い訳をしようとした僕に桐生はにっと微笑むと、ひとこと、

「たとえ俺を思いやったがゆえのものでもな」

そう言い、ぱちりと片目を瞑《つぶ》ってみせた。

「…………」

僕の心理など一から百までお見通しということなんだろう。凄い、と思う反面、それに甘えていいわけがない、と僕は改めて桐生に向かい深く頭を下げた。

「ごめん……」

嘘をついたこと、つまらぬ嫉妬《しっと》を覚えたこと、いろいろな意味で謝罪した僕の心中も勿論桐生は把握していただろうに、

「オーバーだな」

それをおくびにも出さずに彼は苦笑し、軽く肩を竦めただけで流してくれた。

それから僕たちは共に食事を取ったのだが、桐生は食事の間、出席していたレセプション

の話やら、まさに佳境に入っているという仕事の概要やらを話してくれた。

「そうなんだ」

「そっちは？　相変わらず忙しいのか」

続いて彼は僕に会社の様子や同期の様子を尋ねてきた。田中《たなか》に正式にメキシコ駐在の辞令が出たという話をすると、

「ふうん」

桐生は至って興味なさげな相槌《あいづち》を打ったあと、ちら、と僕を見た。

「なに？」

「いや、自動車でメキシコはなかなかいい駐在地じゃないかと思ってさ」

確か今の本部長も昔、メキシコ駐在をしていたはずだ、と言う桐生に、

「よく知ってるね」

辞めた会社の、しかも他本部の本部長の略歴などよく覚えているものだ、と僕は感心してしまったのだが、逆に桐生に「当然だろう」と呆れられてしまった。

「まさかとは思うがお前、田中の発令まで自分の本部のトップの駐在歴を知らなかったと言うんじゃないだろうな」

「う……」

実際知らなかっただけに言葉に詰まった僕に、桐生はやれやれ、というように溜め息をつ

いた。

「もっと視野を広く持ったほうがいいな」

「おっしゃるとおり」

日々の仕事をこなすのが精一杯で、本部長の駐在歴は勿論、部長が何年入社で出身大学はどこと問われても、確か京大だったっけ、と覚束《おぼつか》ない。部員の誰が第一選抜で管理職になっただの、この部門は東大閥だの、次期役員には誰が有力候補だのという話題が課や同期との飲み会のときに時々出るが、あまり興味もないので聞き流していた。


サラリーマンたるもの、社内の動向や人事に『興味がない』などと言ってはいられない。実は田中の駐在も、本部内ではかなり噂《うわさ》になっていたそうなのだが、本人から明かされるまで僕はまったく知らなかった。同期の駐在も知らないとは、確かに情報収集能力も低ければ視野も狭すぎると落ち込んでしまっていた僕の肩を、桐生がぽんと叩《たた》く。

「コーヒーでも飲むか？」

「あ……うん」

頷《うなず》いた僕の頬に桐生の指先が触れた。

「なに？」

「いや、別に」

桐生はまた肩を竦めると、おもむろに立ち上がり僕の腕を摑《つか》んだ。

「桐生？」

「気が変わった。ベッドに行こう」

「え」

問い返した次の瞬間には強く腕を引かれ、立ち上がらされていた。

「ちょっと、なんで？」

「いいから」

そのまま強引に抱き上げられ、寝室へと向かう。

「うわ」

どさ、とベッドに落とされ、反射的に起き上がろうとしたところに早速桐生が覆い被さってきた。貪《むさぼ》るようなくちづけを与えながら、僕のタイを解《ほど》き、シャツのボタンを外していく。

「ん……」

僕も桐生のタイを解こうとしたが、服を脱がせる邪魔になるのか、桐生は僕の手を握って外させると、手早く手首のボタンを外し僕からシャツを引き剝《は》いだ。続いて下着代わりのTシャツを脱がせ、ベルトを、スラックスを、そして下着や靴下を剝ぎ取りあっと言う間に僕を全裸にする。

「…………」

そこで彼はベッドから降りたのだが、自身の服を脱ぎ始めるかと思いきや、じっと僕を見下ろしてきた。

「なに？」

今週もほぼ一日おきに彼とは身体を合わせている。裸を見られることなど慣れてもいいはずなのに、やはりしげしげと、しかも自分は着衣のままの桐生に見られるとさすがに羞恥《しゅうち》を覚え、僕は身体を捩《よじ》って横を向き彼の視線を避けようとした。

桐生がベッドに膝《ひざ》をつき、そんな僕の腿へと手をやると、強引にまた僕の身体を仰向けにする。

「ちょっと……」

そのまま彼の手が両脚を摑み、大きく開かせた状態で抱え上げてきたのに、何をするんだ、と僕はその手を逃れようとまた身体を捩った。だが桐生の腕は緩まず、それどころか僕の脚を更に引き寄せ腰を上げさせようとする。

「桐生」

彼の目がじっと僕の、剝《む》き出しの下肢に注がれている。寝室の明かりに煌々《こうこう》と照らされる中、彼に凝視される僕の雄は自らの意志を超え、どくん、と大きく脈打った。

視姦《しかん》という言葉があるが、桐生の目線はまさにそんな淫靡《いんび》な力を持っていた。直接触れられているわけでもないのに、彼の目が下肢から胸、そして顔へと移り、再び胸、腹、下肢へと下っていくのに、チリチリと肌を焼かれるような感覚が僕を襲う。

絡みつくような熱い視線だった。こんな明るい部屋で一人裸に剝かれ、脚を開かされた挙げ句に恥部をこれでもかというほど晒《さら》されるという恥ずかしい格好を取らされている、そのシチュエーションもまた僕を昂《たか》めていたのかもしれない。

羞恥を覚えるべきなのに、それに欲情してしまうとは、いつから僕はそんな淫《みだ》らな人間になってしまったのだろう。狼狽《ろうばい》しつつも身体の奥から立ち上る欲望の焔をかき消すことはできず、鼓動が速まり、肌が熱してくる己の身体を僕は持て余してしまっていた。

「勃《た》ってきた」

その上桐生に、くすりと笑われ、彼の言葉どおり勃ちつつある雄をじっと見つめられては、狼狽と羞恥を更に煽《あお》られもうどうしたらいいかわからなくなった。せめて勃起《ぼっき》した雄だけでも隠そうと両手でそれを覆うと、

「見せろよ」

桐生はまたくすりと笑い、僕の脚を離して腰を下ろさせ、恥部を覆う僕の両手を摑んで強引に外させようとした。

「桐生」

「見られただけで勃つんだな」

くすくす笑う桐生を僕は恨みがましく睨む。もともと意地の悪いところは多々あったが、

今日はなんだってそんな意地悪を、と言いたい僕の心理をまた彼はすぐ察したようで、

「悪かったよ」

少しも悪いと思っていない口調でそう言うと、肩を竦めてみせた。

「つまらないジェラシーだ」

「……え……」

ぼそっと告げられた言葉を聞き返そうとすると、桐生はなんでもない、と笑って首を横に振り、立ち上がって服を脱ぎ始めた。

脱衣の様子を眺める僕の前で桐生はあっという間にタイを外し、シャツを、スラックスを脱ぎ捨て全裸になると、再び僕へと覆い被さってくる。

「お前、痩《や》せたな」

唇を寄せてきながら桐生がまた、僕の身体をちらと見下ろし、囁《ささや》いた。

「そうかな」

「さっき見て、そう思った。二、三キロは落ちただろう？」

「『見て』って……」

見てたのは別のところじゃないか、とクレームをつけようとした僕に、桐生が真面目な顔で言葉を続ける。

「健康管理には気をつけろよ。体調は？」

「別に悪くないけど」

確かにこのところ体重は落ちてきていたが、特に身体の調子が悪いということはなかった。疲労はたまっていたが、一番の原因は言っちゃなんだが、桐生との夜の激しい行為にあるんじゃないかと思う。

まあ、深夜残業のあと一日おきに津田沼《つだぬま》にある寮に帰り、スーツを着替えて翌日またこのマンションに、というこの一週間の生活もなかなかにハードではあったけれどと考えていた僕の耳に、唇を寄せてきた桐生の低い囁きが響いた。

「ここで暮らせよ。出勤も楽になるぞ」

「…………」

確かに、出勤時間は大幅に短縮されるし、着替えをいちいち寮に取りに帰る面倒もなくなる。それでも僕はどうしても、「うん」と頷くことができなかった。

どうしてこうも躊躇《ためら》ってしまうのかと自分でも思う。桐生のことは好きだし桐生もまた僕を好きだと思っているからこそ、同居を申し出てくれているということはわかるのだけれど、どうしてもその一歩を踏み出すことができない。

僕は彼に相応しい人間じゃない、その思いが二の足を踏ませていることは明白だった。さっきも桐生に呆れられたばかりだし、と唇を噛んだ僕は、耳に温かな感触を得、びく、と身体を震わせた。

「ん……」

桐生の舌が僕の耳を舐《ねぶ》り始めたのだった。ざらりとした舌の感触と、くちゅ、くちゅ、という濡れた音が、先ほど灯《とも》りかけた欲情の焔を再び煽っていく。

「あっ」

丹念に耳を舐りながら、桐生が手を胸へと滑らせ、掌《てのひら》で乳首を擦《こす》り上げる。早くも勃ち上がったそれを指先で強く摘《つま》み上げられたのに、僕の身体はびくっと震え、じいんとしたしびれが摘まれた乳首から全身へと広がっていった。

くちゅ、くちゅと耳の中で淫らな音を立てられながら、執拗《しつよう》なほどに胸を愛撫《あいぶ》されるうちに、息が上がり、鼓動が早鐘のように打ち始める。

「あっ……やっ……」

強く抓《つね》られ、ときに爪《つめ》をめり込まされたり、指の腹で擦り上げられる乳首は、弄《いじ》られれば弄られるほどに敏感になり、痛いくらいの刺激を受けるたびに僕の身体は反応し、唇からは堪《こら》えきれない声が漏れた。

シーツの上で自分がまさに『身悶《みもだ》えている』状態なのがわかる。耳元で立てられる淫猥《いんわい》な音も、じんじんと痺《しび》れる乳首を尚《なお》も弄り続ける繊細な指先も、僕をこれでもかと言うほどに昂めてくれてはいるのだけれど、それだけじゃとても物足りない。

身体が熱すれば熱するほど、更なる快感が——桐生のそれが欲しくなり、気づけば僕は勃ちきった雄を彼の腹に擦りつけ、挿入をねだってしまっていた。

「…………」

耳朶《じだ》に桐生が、ふっと笑った息がかかった直後、彼が勢いよく身体を起こし、僕の両脚を抱え上げた。

「やっ……」

既にひくついている後孔を晒され、羞恥がこみ上げてくる。堪《たま》らず顔を手で覆った僕の耳にまた桐生が笑う息の音が響いた、次の瞬間彼の雄が後ろにねじ込まれてきた。

「あっ……」

一気に貫かれ、背が大きく仰《の》け反《ぞ》る。すぐに始まった激しい突き上げが、僕の手を顔から外させ、高い声を上げさせていった。

「あっ……はぁっ……あっ……あっ……あっ」

ズンズンとリズミカルに桐生は僕の中を抉《えぐ》ってゆく。内臓が押し上げられるほどの力強い律動に、それまでの愛撫で充分霞《かす》んでいた僕の意識はあっという間に快楽の波の彼方《かなた》へとさらわれていった。

「あぁっ……あっ……あっあっあっ」

内壁が擦られ、摩擦熱でやけどしそうなほど自分のそこが熱くなっているのがわかる。その熱は身体の内側から肌の表面へと伝わり、身体中どこもかしこも——弄られ続けていた乳

首も、喘《あえ》ぎ疲れた唇も、二人の腹の間で先走りの液をこれでもかというほど滴らせている僕の雄も何もかもが熱く、その熱を発散させたくて僕は更に高く声を上げ、シーツの上で身をくねらせた。

「あっ……もうっ……もうっ……」

血液も脳も沸騰してしまったかのように熱く、頭も身体もおかしくなりそうだった。早くこの熱から解放されないと、どうにかなってしまう、と僕は激しく首を横に振り、助けを求めて相変わらず力強く僕を突き上げ続ける桐生を見上げた。

「きりゅ……っ」

「……っ」

桐生がちらと僕を見下ろし、唇の端を上げて苦笑する。彼はまだまだ『もう』という状態ではなかったようだが、仕方ないと言いたげに小さく溜め息をつくと片脚を離し、欲情の発散を求めて熱く震えていた僕の雄を握って一気に扱《しご》き上げた。

「あぁっ」

自分でもどうしたのかと思われるような大きな声が漏れたと同時に僕は達し、白濁した液を彼の手の中に飛ばしていた。

「くっ」

射精を受け、激しく収縮する僕の後ろに刺激され、桐生もまた達したようで、低く声を漏らすと——僕はこの、彼がいくときの声が堪らなくセクシーで好きなのだ——伸び上がるような姿勢になり、やがてゆっくりと僕へと覆い被さってきた。

「……桐生……」

なかなか整わない息の下、名を呼ぶと桐生は、なに、と言うように小首を傾げ僕の目をじっと見つめてくる。

彼の息はあまり乱れてはおらず、額に薄く汗をかいてはいたが、頬もそう紅潮していない。端正というにはあまりあるほど整った彼の顔——外見も、頭脳も、意識も、何もかもかなわない彼には、体力も遠く及ばないのかと思うと、なんだか自分が情けなくなり、僕は思わず、

「ごめん」

と小さく謝ってしまった。

「……？……何が？」

桐生がまた小首を傾げ、何を詫《わ》びているのかと問いかけてくる。

「……いや……」

こんなに情けない男でごめん、とはさすがに言えず、首を横に振って誤魔化《ごまか》した僕の耳に、先ほど言われた桐生の言葉がふと蘇《よみがえ》った。

『今後は俺に嘘はつくな。どんな小さな嘘であっても、つかれて嬉しいものじゃない』

嘘——ではないのだけれど、こんな誤魔化しも彼にとっては不快かもしれない、と僕はお

ずおずと目を上げ、相変わらずじっと僕を見下ろしていた桐生に、『ごめん』の説明を試みた。

「……体力なくて、ごめん……」

途端に桐生が吹き出し、大きな声を上げて笑い始めた。

「おい」

確かに言葉は足りなかったが――体力だけじゃなく、何もかもがかなわなくてごめん、と言えばよかったのか――そんなに笑うことないじゃないか、と僕は目に涙まで溜めて笑い続ける桐生を睨む。

「悪い……」

ようやく笑いは収まってきたらしいが、それでもくすくす忍び笑いを続けながら、桐生が僕の髪をすき上げ、額を額にぶつけてくる。

「気にするな。お前はそう、体力ないほうじゃないよ」

「そうかな」

桐生がフォローしてくるとは珍しい。世辞かな、と思いつつ問い返したとき、不意に乳首をピンッと弾かれ、びくっと身体を震わせてしまった。

「ほら、まだまだできそうじゃないか」

「え」

そんな、と慌てて休憩を申し出ようとした僕の乳首を、桐生が今度はきゅっと抓る。

「やっ……」

「もう一回、やろうぜ」

「ちょっ……ちょっと……っ」

まだ息も整っていないというのに、桐生が僕の胸に顔を埋《うず》め、唇で、舌でそこを攻め立てながら、萎《な》えた雄をゆっくり扱き始める。

「まだ……っ……無理……っ」

ちょっと休ませてくれ、という僕の懇願は鉄人桐生の耳には届かず、結局そのあと僕は彼の愛撫にさんざん喘がされ、絶頂に次ぐ絶頂を迎えさせられることになった。


「ん……」

目が覚めたとき、僕は桐生の腕の中にいた。後ろから僕を抱きしめ眠っていた彼の腕をそっと解かせ、ベッドを降りたのは喉《のど》が渇いたためだった。

水が欲しい、と床に落ちていたシャツをひっかけ、手探りで寝室を出てキッチンへと向かう。

リビングで時計を見ると朝の七時過ぎだった。今日が休みで本当によかった、と僕は疲れ果てた身体を引きずりキッチンに入ると、冷蔵庫のドアを開けエビアンを取り出した。

「凄いな……」

改めて見ると一人暮らしの桐生の部屋の冷蔵庫は、思いの外食材が揃《そろ》っていた。へえ、と冷凍庫を開けてみてそこも充実していることに感心した声を上げた僕は、ふと、あることに気づいてしまった。

温めるだけの簡単な食事がずらりと並んで入っている。意外に几帳面《きちょうめん》な桐生が種類別に並べてある、そのどれも数は二つずつ——二人分の数が揃っていた。

「…………」

深い意味はないのかもしれない。頻繁に買い足すのが面倒だから一つではなく二つ購入しただけかもしれない。

考えとは裏腹に、僕の頬は緩み、胸に温かいものが溢《あふ》れてくる。ふと見やった食器棚の食器が以前より増えているような気がした。

もしかしたらそう遠くない将来、僕はずっと躊躇い続けていた一歩を——同居への一歩を踏み出すことができるかもしれない。コーヒーカップも、ビールグラスも二つだ、と目で数え、微笑む僕の胸にはそんな予感が芽生えていた。

あとがき

はじめまして&こんにちは。愁堂れなです。

このたびは五冊目のルチル文庫、そして『unison』シリーズ二冊目となりました『variation（変奏曲）』をお手に取ってくださり、本当にどうもありがとうございました。

桐生と長瀬の二冊目です。書いたのは今からおよそ五年前なのですが、今回改稿のために読み返してみて、当時のことが色々と思い出されとても懐かしかったです。

『もっと脚を開けよ』から一転し、ラブラブとなった桐生と長瀬ですが、今回は当て馬として、桐生の部下である滝来氏が登場します。

滝来氏は果たして受なのか攻なのか、書いた当時もかなり迷ったことも思い出しました（笑）。どっちもいけそうな気がするんですが、皆様はどちらがお好みですか？

また、若き日の滝来氏を主人公にしたお話（『seasons』）もあるのですが、こちらもいつか商業誌化できたらなあ、と思っています。

鬼の霍乱とばかりに入院する桐生と、またも流されそうになる？　長瀬、それに優秀かつ美形の部下滝来氏と、三友商事の熱血ラガーメン・田中が絡むという今回のお話、いかがでしたでしょうか。皆様に少しでも楽しんでいただけているといいなあとお祈りしています。

今回もまた、素敵なイラストを描いてくださった水名瀬雅良先生に、この場をお借りいたしまして心より御礼申し上げます。

カバーもそして、『壮絶に色っぽい』口絵も、本当にもう、萌え萌えで！　時間を忘れるほどにうっとりと拝見させていただきました。カバー折り返しプロフィールで、星座と血液型が同じとわかり、一人でときめいています（笑）。次作でもどうぞ、よろしくお願い申し上げます。

また今回も担当のO様には大変お世話になりました。O様にはお電話や直接お会いしてのお喋りで、いつも本当に元気をいただいています。次作も頑張りますので、何卒変わらぬご指導ご鞭撻のほど、お願い申し上げます。

この『unison』シリーズ、皆様の応援のおかげで、これからも続けさせていただけることになりました。本当にどうもありがとうございます！

次回は来年の秋頃の発行になるかと思います。また、近々嬉しいお知らせもさせていただけるかと思いますので、どうぞお楽しみに。

最後に何より、この本をお手に取ってくださいました皆様に、心より御礼申し上げます。シリーズ第二弾、いかがでしたでしょうか。皆様に少しでも楽しんでいただけましたら、これほど嬉しいことはありません。

よろしかったらどうぞ、お読みになられたご感想をお聞かせくださいね。皆様のご感想、心よりお待ちしています！

今年もあっという間に年末となりました。本当に一年間、早かったなあ、と今、しみじみと振り返っています。

デビューした会社の倒産を体験し、大切なシリーズをこのルチル文庫様で続けさせていただけることになり……と、本当にいろいろなことがあった一年でした。

皆様にもご心配をおかけしたことと思います。本当に申し訳ありませんでした。そしてたくさんの温かなお言葉をどうもありがとうございました。

これからも皆様に少しでも楽しんでいただけるものが書けるよう、頑張っていきたいと思っていますので、不束者ではありますが、何卒よろしくお願い申し上げます。

次のルチル文庫は初夏にご発行いただける予定です。久々の単発ものになります。こちらもよろしかったらどうぞ、お手に取ってみてくださいね。

また皆様にお目にかかれますことを、切にお祈りしています。

平成十九年十二月吉日

愁堂れな

＊公式サイト「シャインズ」http://www.r-shuhdoh.com/
＊公式ブログ「Rena's Diary」http://shuhdoh.blog69.fc2.com/
＊携帯用メルマガを毎週日曜日に配信しています。http://m.mag2.jp/M0072816 からご登録くださいませ。ＰＣのアドレスからもお申し込みいただけます。
（以前のメルマガと配信元を変更しています。ご注意ください）

✦初出 variation 変奏曲 ……………………個人サイト掲載作品（2002年4月）
Happy Wedding in KOHCHI …個人サイト掲載作品（2002年5月）
入院病棟……………………………同人誌（2002年12月）
before long ………………………書き下ろし

愁堂れな先生、水名瀬雅良先生へのお便り、本作品に関するご意見、ご感想などは
〒151-0051 東京都渋谷区千駄ヶ谷 4-9-7
幻冬舎コミックス　ルチル文庫「variation 変奏曲」係まで。

幻冬舎ルチル文庫

variation 変奏曲

2008年1月20日　　第1刷発行

✦著者	愁堂れな　しゅうどう れな
✦発行人	伊藤嘉彦
✦発行元	株式会社 幻冬舎コミックス 〒151-0051 東京都渋谷区千駄ヶ谷 4-9-7 電話 03(5411)6432［編集］
✦発売元	株式会社 幻冬舎 〒151-0051 東京都渋谷区千駄ヶ谷 4-9-7 電話 03(5411)6222［営業］ 振替 00120-8-767643
✦印刷・製本所	中央精版印刷株式会社

✦検印廃止

ISBN978-4-344-81208-6　C0193　Printed in Japan